imaginist

想象另一种可能

理
想
国

imaginist

Valaki más :
a változás krónikája
Kertész Imre

另一个人：变形者札记

[船夫日记2]

[匈牙利] 凯尔泰斯 · 伊姆莱 著

余泽民 译

广西师范大学出版社
· 桂林 ·

[修订版序]

一个正在诞生者的自白

余泽民

> 就在这一刻，我仿佛站在生与死的门槛上，什么也不知道，什么也不理解，身体向前冲着死亡，而头却回望，朝着生活的方向，我就要迈开的腿迟疑地抬起……将要去哪儿？去哪儿都无所谓。因为，这个将要迈步前行的人已经不再是我，而是另一个人……
>
> ——凯尔泰斯·伊姆莱

一、一个自由了的失落者

《另一个人》出版于1997年，是凯尔泰斯·伊姆莱（Kertész Imre）1992年出版的第一部日记体小说《船夫日记》的姊妹篇，内容取材于作者在90年代前五年所写的日记，是对自己身份认知的思想轨迹的系统描记，是对自己创作灵感的精确捕捉，对奥斯维辛后的世界进行了反思和预言。《船夫日记》第一篇记于 1961 年，最后一篇是 1991 年；《另一个人》所写的是 1991 到 1995 年发生的事，而《另一个人》的出版意味着作家的创作迈进了哲思的新阶段。

“三年了，自《英国旗》后，我没有写出任何叙事性的作品。看来，与灵魂深处的游历相比，近来我更乐于去奥地利和瑞士的湖畔旅游……”凯尔泰斯说。《另一个人》，正是作家在东欧剧变后的最初五年里马不停蹄的游历途中写成的。如果说，凯尔泰斯在《命运无常》、《为了未诞生孩子的祈祷》、《惨败》等作品里一次次地验证并宣布了一个个体的命运丧失与肉体死亡的话，那么他在《另一个人》中则作为一位“我”的合著者通过省思而宣布重生。书的副题“变形者札记”已向读者暗示了主题。

20 世纪 80 年代末，欧洲政局发生巨变，随着柏林墙倒塌，冷战结束，匈牙利也于 1989 年像捷克、波兰等中东欧大多数国家一样以和平方式开始了政治、经济体制变革，向西方向世界打开了封闭已久的国门；一夜之间，一党执政变成了多党议会，公有制经济再难遏止私有制的蚕食，计划经济更像海边的沙堡被市场经济的大潮冲得踪迹全无，好莱坞娱乐片、斯蒂芬·金恐怖小说、肯德基和麦当劳更将人们的日常生活渲染得如一片眼花缭乱的焰火，每时每刻的兴奋伴着不知不觉的堕落……虽然匈牙利的变革避免了罗马尼亚那样的血腥，也没有后南斯拉夫的战火，但人们还是在从天而降的自由面前突然激动、紧张得茫然无措。这场变革，使每个人的面孔和心灵都发生了这样那样的变形，也成为凯尔泰斯创作生涯的一个转折点。

和中东欧大多数知识精英一样，面对时代巨变，凯尔泰斯也经过了一个兴奋、憧憬、困惑、失落和省思的过程；只不过对于凯尔泰斯来说，每一寸思考，都沿着他从奥斯维辛幸存的轨迹；每一个判断，都怀着对恐怖记忆的心悸。这场变革并没有使作家大喜过望，他更像一只被在笼中关久了的狼，在一声“自由了”的嚎叫之后，却不知道该去何处？

我为什么会如此深切地感到自己的失落？显然，因为我是一个失落者。

和《船夫日记》一样，《另一个人》也是通过对奥斯维辛的反思对人类、社会、民族、自我的最透彻的剖析和最大胆的表述。“我们不要忘记，奥斯维辛根本不是由于‘奥斯维辛的过去’而被废除的，而是因为军事格局的转变；奥斯维辛之后，什么都没有发生，我们并未因谴责了奥斯维辛而得以生存。然而，我们却经历了以那些意识形态为治国之本的帝国。”现在，意识形态统治的帝国解体了，随之建立的是物欲享受统治的帝国，自由始终是牺牲品，思想继续在流亡中。

1994 年夏天，凯尔泰斯在从奥地利回家的途中，去邵普隆寻找他父亲五十年前被押送到奥地利境内集中营途中曾被关押过的石矿监狱，那里曾关押过上万犹太人。在采石场，他看到“一张演出海报上登着轻歌剧的广告”和几辆“来自布尔根兰州的旅游大客车，游客们正趟着干燥的尘烟一步一滑地朝岩洞剧院入口方向艰难地走去”。凯尔泰斯像一名警察询问这里有没有关于大屠杀的纪念牌。对方怔了一下问是什么时候的屠杀，发生在 1956 年还是之前或之后？当凯尔泰斯说出“1945 年”时，警察完全愣住了，“从他的表情看上去，我们好像是在寻找古波斯人的遗迹。我们走进那片绝无人迹的石头荒野，就在这时，伴着巨大的喧哗，歌剧的序曲在剧院的岩洞里响起。”

尽管在奥斯维辛集中营还立着“永远不能忘记”的石碑，但人类仍旧如此健忘。

匈牙利著名作家、曾多次获得诺贝尔文学奖提名的艾斯特哈兹·彼特在谈《另一个人》时说：“我很久没有读到这样令人激动的文字了。这部书的新意和精神上的刺激，蕴涵在艺术家的勇敢之中。凯尔泰斯正是凭借着这一种勇敢环视今日的世界，并且列出什么存在，什么不存在。他不恪守任何东西，既非在家的痛苦，也非所得的知识，他什么也没有，假如他真有什么的话，那就是：一无所有。”

法国作家莫洛亚（André Maurois）曾在《拜伦传》中写过这样一段话：“唯有拜伦，曾是拜伦的诱惑者；唯有拜伦，会严惩拜伦身上的拜伦；唯有拜伦——拜伦的摧毁者，将是未来世界的拜伦。”凯尔泰斯正是通过自己半个多世纪的磨难、思考与写作，像拜伦一样地走过这样一条通过自我否定而重生的路。

二、一个在家乡感到无家可归的陌生人

如果说《船夫日记》记录的是作者在一个无窗的囚牢里的孤独冥想的话，那么在《另一个人》中的凯尔泰斯则变成了一个张开臂膀拥抱世界的漫游者。自由，为他在结满血痂的肌肤上开了一扇窗，他不但看到了世界，而且拖着病弱的躯体还从这扇窗子爬了出去。但是，就在貌似轻松的旅途中，那些挥之不散的恐怖阴影，又使他对自己的“身份”与“存在”进行了更深刻的质疑。

他用狐疑的眼神审视这个变化中的世界，在“寒冷的多瑙河畔”，看到“黄昏初始的天光，将青苹果一样酸涩的颜色倾洒在佩斯一侧的、在神气十足的谎言中变得破旧斑驳了的宫殿上”。随后，他再将这种狐疑磨成一柄利剑，深深刺到自己的心底：“我自己需要重新诞生，变形——究竟要变成谁、要变成什么？”

作家借用哲学家维特根斯坦的话质疑自己：“我是知道，还是只是相信自己叫做‘凯尔泰斯·伊姆莱’呢？”“当我听到有人叫我‘凯尔泰斯·伊姆莱’的时候，当我看到有人写下‘凯尔泰斯·伊姆莱’这个名字的时候，简直是要我将自己从一个宁静的、隐姓埋名的藏身所里

拽出来。然而，我永远不能将自己与这个名字相对应。”

从自己的名字开始，作家对自己进行了否定。他始终痛恨自己的名字，因为“早在童年时代，这个名字就饱含了太多的屈辱”，因为，这个名字与奥斯维辛不可分割。2002 年晚秋，就在要动身赴斯德哥尔摩领奖之前，凯尔泰斯收到了一个从布痕瓦尔德集中营（少年凯尔泰斯曾被关在那里）博物馆寄来的一个棕色邮包，里边装着博物馆馆长的一封贺笺和一份“1945 年 2 月 18 日集中营囚犯每日报道的复印件”。在“损耗”一栏里记录着第 64921 号犯人的死讯：凯尔泰斯 · 伊姆莱……犹太人……已死亡。

“简单地说，我曾经死过，因此才活了下来。”就这样，作者通过对自己曾经存在的否定，证明了自己真实的存在，证明了自己是：从一个孩子的死亡中诞生。

“我们不能在自己当过奴隶的地方体验自由。我们必须离开这里，必须去很远很远的地方。但我做不到。”这句话准确表达了作者与跟自己命运相系的国家之间的矛盾关系。少年时代，他被自己弱智的祖国送进了纳粹集中营；青年时代，他被专制的祖国剥夺了个人命运；壮年时代，他屡经退稿，即使出版的作品也无人问津；老年时代，虽幸遇改革，但当他作为“匈牙利作家”被邀请到德国讲学时，祖国的官方却表示他不能代表他的国家……但是，即使这样，1945 他被美军从集中营中救出后，并没像许多难友那样移居西方，而义无返顾地回到了曾将自己送入地狱的祖国寻找双亲；1956 年匈牙利爆发了反苏的人民革命，就在苏军坦克扼杀了“哪怕只是一个自由的闪念”时，他没有跟随流亡大军投奔“自由世界”，而是决心留在这里“以最近的距离观察这部残暴的独裁机器到底是怎样运转的”；1989 年后，匈牙利经历了“令人惊诧的败落和自杀偏执的转变”，但他还是没有离开，在一次次去西方讲学之后，总是怀着惊悸回到已被上帝遗忘了的家乡，因为他想通过“这种陌生的语言——我的母语来理解那些凶手”。凯尔泰斯对家乡的感情是复杂的，他记恨它，是因为他在自己的家乡却感到自己是一个陌生人；他没有抛弃它，因为这毕竟是他的家乡。

事实上，凯尔泰斯是一个永远的流亡者，他在精神流亡的途中，通过这个国家对自己的否定，证明了自己在这个国家中的存在。“我是独裁者无可救药的孩子，打在我身上的烙印就是我与众不同的地方。这就是我在这块土地上、在人群中得到的几乎无法解释、同时又是最真实的体验。”

三、一个自觉“非犹太人”的犹太人

> 这种欲望带着一点永恒的犹太人的性质，他们被莫名其妙地拖着拽着，莫名其妙地流浪在一个莫名其妙的、肮脏的世界上。
>
> ——卡夫卡《致米莱娜书简》

和卡夫卡一样，凯尔泰斯也是个失掉了身份的精神漂泊者，他在《另一个人》中清楚阐述了自己血缘与自己国家间的尴尬关系：“从某种意义上讲，我不属于这里（也不可能属于这里），我的绝大多数作品并不是为那些我说他们语言的人写的（也不可能为他们写）……这个世界叫做‘匈牙利’，这个‘陌生的我’的真实名字是‘犹太人’……”

由于匈牙利社会始终不愿直面屠杀犹太人的历史，不愿正视歧视犹太人的事实，因此，凯尔泰斯的作品在家乡不但没有受宠，甚至遭到排斥。在匈牙利，知道他名字的人寥寥，而在西方，他的作品却倍受赏识。2002年他之所以能够戴上诺贝尔文学奖的桂冠，也是多亏了德国人的推荐。因此，对凯尔泰斯来说：他在自己的家乡，却感到自己是一个无家可归的陌生人；而在本应感到无家可归的异邦，却找到了回家的感觉。

凯尔泰斯获奖后，仍有不少匈牙利人不以为然，认为他“不是匈牙利作家，是犹太作家”；一些媒体也认为他获奖是借了巴以战争的东风，言外之意，只是因为他是犹太人；当布达佩斯市政府准备授予他“荣誉市民”称号时，就有政党公开反对，原因是“他是一个不爱匈牙利的犹太人”。继续溯源，凯尔泰斯的问鼎之作取材于他少年时代在集中营的经历，他之所以能有这段经历，更是因为他是个犹太人。因此，无论从哪个角度看，凯尔泰斯的身份似乎无可争议。但是，在特拉维夫，在这个犹太人国家的首都；在耶路撒冷，在这个喷吐着犹太人血浆的古泉……偏偏凯尔泰斯自己，这个出生在一个不信教的犹太家庭的犹太人，这个从小就因为自己的血缘而受尽歧视和苦难的犹太人，这个由于自己作品的大屠杀主题而被自己的国家放逐的犹太人，这个即便以匈牙利作家的身份为匈牙利获得诺贝尔奖殊荣却被作为“非匈牙利作家”排斥的作家，却对自己的犹太人身份提出了质疑：“我并未感到那种‘找到了家’的感觉。总之，各种预计好的体验都没有发生。莫非我不是犹太人？”

当他到以色列的餐馆露台去吃饭，引来当地妇人们惊异的目光，因为“中东地区的犹太人，一般都不会去露天的平台”；当他散步在特拉维夫的海滨，他“看到的只是夜晚拥挤喧嚣的交通，觉得自己好像是在意大利，或是在布达佩斯”；当他坐在犹太教堂的祈祷人群里，他感到拘谨和惶恐：“这与平时置身于人群中间时的感受相仿，既不多，也不少。我是另一种犹太人。我到底是种什么样的犹太人？哪种都不是。我从很久以前就已经不再寻找家乡，也不再寻找自己的身份了。我跟他们不一样，我跟自己不一样。”

“如果不是（犹太人的话），那么我又是谁呢？”在经过了对自己身份的否定之后，作者又对自己“对自己身份的怀疑”开始了怀疑。

在以色列，凯尔泰斯没有找到所期待的家乡感；在德国，他自然不能说是回到家乡；而匈牙利，在他合法的家乡，向他宣布的却是陌生感：“离开法兰克福时，我又受到了一番搜查，监视器正对着飞机舱门的出口。在验查护照的时候，对乘客已经有了明确的区分：欧盟国家的公民向右走，其他国家的公民朝左行。我差一点未能去柏林，因为他们没有找到我的返程票。只有在他们证明了我将离开（而且肯定会离开）这个国家去另一个地方（转机去以色列）之后，才允许我登上了飞机。作为受人歧视的犹太人同时，现在我还要作为匈牙利人承受歧视……受到伤害的并不是我的匈牙利国家，而是我饱经磨难的犹太人属性，不论遭遇到任何的歧视，我总是作为犹太人而无可幸免。也许，这就是所谓的‘身份’？那么，也许我还是一个犹太人？”

就这样，凯尔泰斯经过对自己的两次否定之后，最终还是验证出自己的客观身份——他是一个在家乡感觉不到回家感的“匈牙利犹太人”。他的一生，承受了双重的歧视；他的存在，遭到了双重的否定；他的心灵，围筑着双层的狱墙；他的作品，是一把双刃的匕首，一面刺向社会，另一面则冲着自己。

四、一个在死亡中受孕的人

死亡，始终是凯尔泰斯哲学中的一个主要命题，在他的作品里，他不止一次地宣布了自己的死亡。在电影文学剧本《命运无常》的结尾有这样一段对白。当少年克维什从集中营回到布达佩斯家中时，在楼道里遇到了被抓走前曾经喜欢过的女孩：

> “那么现在你是什么人呢？”女孩脸上第一次浮现出一丝好奇的表情。
>
> “我不知道。”男孩想了一下，又说，“也可能，我根本就不是我自己。”他微笑起来。
>
> “你变了。你变得这么怪，”女孩说，“就像一个陌生人。”
>
> “我已经死过一回了。”男孩说。
>
> “这话怎么讲？”
>
> “现在，我已经不会再怨恨什么了。”

当人们试图忘掉过去与历史决裂时，当人们沉浸在胜利的狂喜和对幸福的憧憬时，凯尔泰斯却心平气和地接受了奥斯维辛的过去，宣布了自己的第一次死亡。在《为了未诞生孩子的祈祷》中，壮年克维什通过拒绝生子再次表达了对自己现实生存的否定。在《笔录》中，老年作者在东欧剧变后的新时代里，又一次宣布了自己的死亡："我的躯体已被刺得体无完肤……虽然，看上去我是在乘着火车旅行，但是列车上所运载的却是一具尸体。我已经死了。"在《另一个人》中，在去国外讲学的列车上，作者透过两个陌生女人的眼睛，又看到了一个"不知道是睡着，还是已经死了"的老人。

凯尔泰斯的死亡并不是指肉体的死亡，而是一个时期、一段经历在一个个体生命中的逝去；凯尔泰斯的死亡，其实正是作家所特有的冥思状态，他在宣布已死亡的同时，也宣布了自己——"另一个人"诞生。对凯尔泰斯来说，这种自觉自愿的死亡，是一种继续生存的手段，是一种个人的凤凰重生："'生活'归根结底是属于个人的，假如我们终于醒悟到我们的存在是错误的，那么我们大概只能——至少对一个个体而言——将死亡视为对这个错误的纠正。"

凯尔泰斯是一位勇敢的思想者，一位自虐的哲学家，他对生与死的理解远远超过了同时代人。有评论认为凯尔泰斯一生都在逃离奥斯维辛，这实际是一个误解，凯尔泰斯不但从来没有从集中营逃出，而且也从来没有试图逃出；在他来看，人类社会的历史就是一次又一次地为自己设计、建造集中营的历史，奥斯维辛只不过是一个被人类发挥到了极致的艺术形式而已，集中营将与人类历史共同存在下去。在凯尔泰斯的所有作品中，都不厌其烦地想到、提到奥斯维辛，这不但是他作品的主题，也是他思想的灵感源泉——是啊，这是一种何等残酷、何等痛苦的灵感!

在多瑙河边的桥头，他从几个留着光头、穿着迷彩服、手提棒球棍的“现代骑士”身上嗅到了杀气腾腾的血腥；在极右翼集会的会场，他辨出一张张似曾相识的纳粹面孔，看到了充满歧视和憎恨的目光；在街灯昏暗的广场上，一个突然跌倒的行人却唤起他一连串恐怖的联想；在音乐悠扬的岩洞剧场外，他却听到了处决犯人的枪声，看到了父亲脚上的镣铐……奥斯维辛变成了凯尔泰斯生命中永远挥之不去的梦魇。

在《另一个人》中，作者不止一次地描绘了这个梦境，解析了这个恐怖的符号：“这是一片平坦、空旷的风景，事实上很难称之为‘风景’，仿佛是在世界的边缘……在地狱般的砂矿深处，我突然看到一群衰弱的人们正奄奄一息地躺在那里，他们的脸上带着紫红色的瘀斑，其中的一个——那是一个男人，穿着一件无袖的毛线坎肩（那是A为我织的）——我记得非常清楚；(跟其他人一样）他正温驯地等待死神的降临……在这个住着活人的‘万人坑’里，沉寂令人窘促不安，人们躺在那里，沉浸在一种垂死的、痛苦的平和之中……他们一同静候自己命运的终结，带着某种永远不可能接近的高傲与平和。”

许多人对凯尔泰斯对奥斯维辛的执着思考感到不解，人们不明白：既然奥斯维辛是一个世纪性恐怖，那么，作家为什么非但不试图忘掉，反而更一味地咀嚼？为什么他不仅念念不忘，甚至在日常琐事中也不遗余力地渲染、散布这种恐怖呢？凯尔泰斯认为：人们一旦忘掉了奥斯维辛，上帝也就失败了，奥斯维辛的存在也就失去了意义。“上帝创造了人类，人类创造了奥斯维辛”。从某种角度讲，奥斯维辛是人类的财富，即使人类不能避免它的重新出现，但是至少应该学会在那里该如何生存。

上帝之所以使凯尔泰斯幸存，是因为选中了他来发现隐藏在奥斯维辛背后的警示。因此，作家每对奥斯维辛的一次回顾，就是对自己所做的一次死亡判决，也是对自己的一次重新受孕——这就是“另一个人”。

五、一个叫“凯尔泰斯”的另一个人

凯尔泰斯是这个世界、人类和时代的冷静观察者，当东欧人为改革而狂热时，却看到了历史的阵痛：“在这个世纪里，一切都变得更真实，一切都变成了更真实的自己？士兵变成了职业杀手，政治家变成了罪犯，资本变成了用焚尸炉装备的、庞大的杀人工厂，法律变成了肮脏游戏的游戏规则，世界的自由变成了大众的监狱，反犹太主义变成了奥斯维辛，民族意识变成了集体屠杀……人们完全出于习惯而说谎，而且每人都能一眼识破阴谋……”

在《另一个人》中，作者一针见血地指出了西方人自卫背后的阴谋：“除了金钱之外，他们到底还要保卫什么？……其自卫的手段对所剩无几的西方民主造成了更大的损害。这种自闭的恐慌重又娩出了阿道夫·希特勒，重又造就了程度不同的偏执狂。金钱与权利的拥有，将与社会的彻底堕落相呼应，只要能够救出可以救出的东西，最终又将以新的极权主义和新的社会灾难作为代价从而寻求避难所，但是，这究竟是一种什么样的‘避难’？这将是一种什么样的极权主义呢？以后谁能说出，这种充满威胁的意识形态将会拥有何种思想性？将会拥有何种至今尚未尝试过、至今尚未失败过的手段呢？”凯尔泰斯是一位预言家，早在90年代初，他就通过自己的观察和思索，预料到了今天这一场场“以自卫为幌子、以金钱为目的”发动的战争：“法西斯主义很快将要获胜，很快将要统治整个世界，不过，这个法西斯主义不是从德国开始……”

从创作形式上看，《另一个人》的文学结构与风格跟作家以往的作品不同，作家充分发挥了日记体、游记体的文学特点，在写作中完全依照自己思维的脉络，在表述中挣脱了结构的约束，不再受时空的限制，写人写事写情写景，一切自然而然，水到渠成，语言风格自由洒脱，简练精辟，将他的思想深度和文学功底体现得淋漓尽致，难怪有人认为《另一个人》是匈牙利文学中的一部散文杰作。跟哲思致密的《船夫日记》不同，《另一个人》给读者留下喘息、回味的时空，我在翻译过程中也更多地嗅到流动在漆黑暗夜里的空气，看到在无垠天幕上隐约闪烁的灵慧之星。

名字，对凯尔泰斯来说只是人们称呼他的一个代号。虽然，通过几十年条件反射的训练，他已经学会了应答；但是，人们所叫的这个凯尔泰斯并不是那个活在凯尔泰斯躯壳内的人。

国籍，对凯尔泰斯来说，只是一个被人敲错了的印戳。他攥着匈牙利护照，却像卡夫卡一样永远找不到“家的感觉”；他用匈语写作，但不用匈语的逻辑思考，他试图用匈语与人交流，但只听懂了人们对自己的讥讽。

民族，对凯尔泰斯来说只是一个胎记，由于这块胎记，人们一次又一次将他从人群中辨出，将他从一个牢笼拖进另一个牢笼，最后使他自觉自愿地将自己在一个与世隔绝的、二十八平方米的小屋里禁锢了三十五年。他在那里做孤独的、自杀性的思考，他发现自己是一个并非犹太人的犹太人。

凯尔泰斯，是“另一个人”。这另一个人并非由谁转变而来，而是作家通过自我剖析，还原了一个真正的自我。1999 年，作家曾对《另一个人》的创作动机做了阐述："和《船夫日记》一样，《另一个人》也是取材于我的日记。当某一个人——准确地说是'另一个人'——正从直至1989年为止所遭受的囚禁中走出的时候，正要跨进一个'大世界'的时候，他并非试图给自己冠以其他的什么身份，而是试图保留住自己的身份。"

从形式上说，凯尔泰斯通过对自己存在的一连串疑问而否定了自己；然而，从实质上讲，他却通过对自己勇敢的否定而证实了自己。如果说，凯尔泰斯在《为了未诞生孩子的祈祷》中——凭着一个集中营幸存者所经受过的恐怖，凭着一个在独裁统治下的苟活者所体验到的痛苦，凭着他血脉里涌流着的犹太人与生俱来的苦难——用自己的意念扼杀了一条可能以肉体的形式延续自己生命的生命的话，那么在《另一个人》这部触及灵魂的省思录里，作家又凭着他哲学家的逻辑思考和艺术家的感性判断，凭着他常人难以企及的勇气和毅力，在经过了半个多世纪樊笼中的牢狱生涯后，在经过一次又一次的生死折磨后，终于用自己的手，用他自己的文字与思想，催生下了这个怀了半个世纪之久的孩子。

六、一段狱友般团结的爱情

在凯尔泰斯的十几部作品里，或许《另一个人》是唯一涉及到爱情的书，但是并没有平铺直叙，只是在提供了两个字母线索——A 和 M。她们是在凯尔泰斯生命中扮演过或扮演着重要角色的两位女性（日记中提到的两位旅伴）——亡妻沃什·奥尔碧娜（Vas Albina）和现任妻子凯尔泰斯·玛格达（Kertész Magda）。

凯尔泰斯与奥尔碧娜相识于 1953 年 9 月 14 日，在布达佩斯的一家小咖啡馆里，从屠刀下幸存后“对未来的绝望”将他俩人紧系在一起，当时凯尔泰斯二十四岁，奥尔碧娜三十三岁，并成为相依为命四十年的伴侣。作者在书中的最后一段感人至深地表述了他俩“狱友般的团结”，讲述了他们“几乎不可能的”爱情以及那段不幸中的幸福。在布达佩斯一间二十八平方米的小屋里，他俩生活了近四十年。在那个意识形态统治的极权时代，凯尔泰斯之所以生存下来，靠的是两根精神支柱：奥斯维辛和奥尔碧娜。1995 年妻子病逝，对凯尔泰斯打击巨大，当我译到下面这段文字时忍不住落泪：

> 她走了，并且带走了我生命的绝大部分，她带走了那段时间，在那段时间里，我的创作从开始到完成；她还带走了一段岁月，在这段岁月里，我们是如此相爱地生活在一个并不幸福的婚姻里。我们的爱，就像一个满面笑容、张着胳膊奔跑的聋哑孩子，慢慢的，他的嘴角弯成了哭的模样，因为没有人能理解他，因为没有找到自己奔跑的目标。

奥尔碧娜走了，但她把自己对丈夫的爱传递到了另一位女性——玛格达身上。“M有着快乐的天赋，与其他所有的天性相比，这是一种特殊的恩赐……我将手迅速抽回；也许她想与我分享她的快乐，不过在我的手指之间，她的手指略显拘谨，即便这样，她还是将她的一部分财宝递到了我的掌心；我受惊地与她的手紧握，我不敢看她，她会使我的目光变成一捧黄沙。”凯尔泰斯在日记中这样写道。

玛格达女士于1956年匈牙利人民自由革命失败后逃亡美国，1990年作为一家美国公司代理回到匈牙利工作，在一次聚会中结识了凯尔泰斯夫妇并成为挚友。奥尔碧娜与玛格达是一对相知相敬的女友，奥尔碧娜病重时，情真意切地将丈夫托付给了守在病床前的玛格达："你嫁给他吧。"

1996 年，也就是《另一个人》出版后的第二年，玛格达嫁给了凯尔泰斯，不但成了作者生活的伴侣，也是凯尔泰斯作品的第一位读者，她曾对记者幸福地说，"与伊姆莱的生活，是一段浪漫的旅行。"后来，在我有幸通过翻译作品结识了作家夫妇，很被他们的恩爱和默契所感染，凯尔泰斯会为自己喝什么咖啡、喝什么酒跟妻子商量，玛格达不时习惯性地为丈夫抚平坐皱的衣角，捋吹乱的发丝，喜欢称丈夫为"我的小仙子"。

的确，与凯尔泰斯的共同生活是一种荣幸，哪怕生活中有着如此之多的不幸。2003 到 2004 年，我先后翻译了凯尔泰斯的四部作品《英国旗》《命运无常》《另一个人》和《船夫日记》，与凯尔泰斯一起进行一次漫长而惊险的心灵之旅。不久前，当理想国的编辑告诉我想重出《船夫日记》和《另一个人》后，我逐字逐句地重新校订了一遍十年前的译文，说是校订，等于重译了一遍，毕竟经过十年的成长和与凯尔泰斯的直接交往，我对作品的理解和文字的把握都更深更准，弥补了旧译本留下的不足，并且重新做注，既是对自己的交代，更是对作者和读者的交代。我相信，这本书不但让我、让读者跟凯尔泰斯一起做了合著者，还成为另一个人。

诚然，即便戴着诺贝尔奖桂冠，凯尔泰斯的作品也不可能成为流行文学，但是凯尔泰斯不可能流行的文字，恰恰是其存在的意义所在。亲爱的读者，如果你认为自己还有一点理想主义的残渣且不甘心沉沦，那就读读他的日记吧！然后抱着被搅乱的心境和共鸣的感动继续通俗、痛苦并快乐地生活下去。

> 你一旦知道了自己也不能幸免于死，那你还惧怕什么呢？
>
> 我们之所以能够承受生活，是因为这个生活竟如此的不真实；另外，也因为意识始终审核着所谓的“真实”，它渴望真实。

2015年2月23日，巴拉顿弗莱德。

另一个人

因为，我是在描绘自己。

——蒙田

我是不曾写下的小说里的人物，在空中飘来飘去，还未存在就已散去，栖身某个人的梦中，而那个人从不知道如何做完这个有我的梦。

——佩索阿[1]

“我”是一个虚构，我们顶多可能成为其合著者。

——K. I[2]

“我”是另一个人。

——兰波

1 费尔南多 · 佩索阿（Fernando Pessoa，1888—1935），葡萄牙作家、诗人。此译文引用自刘勇军译《不安之书》——译者注，下同。

2 作者名字的缩写。

1994年秋天，寒冷的多瑙河畔，接近黄昏的天光，将青苹果一样酸涩的颜色泼洒在佩斯一侧的、在神气十足的谎言中变得破旧斑驳了的宫殿上。

所有的一切都深深地、静谧地沉睡在我体内。我的情感与思绪如此纷乱错杂，就像是满载的一车温热的沥青。

为什么我会如此深切地感到自己的失落？显然，因为我是一个失落者。

一切都是伪造的（通过我，在我的身上：我的存在伪造了一切）。

假如这种空虚（内心的空虚）变成了犯罪感的话，也许可以追溯到事发的起源。焦虑超过了上帝的造化；恐怖空虚的道德性实证。

昨天，在一个公共演讲大厅里——在一个被极为愚蠢地命名为“匈牙利人与犹太人共存”的、愚蠢之极的会议上——有一位老先生朝我径直走过来，他的面目混沌，不成形状，头发稀疏，隐现在脱发之处的秃斑，看上去就像一个长毛绒包面的长沙发被人坐得脱了绒的地方：我在他脸上找不到一丝熟悉的线条。他突然令人惊诧地跟我拥抱，随后自我介绍说，他是我的一位“已经三十五年没见的朋友”。他侨居国外。他听到过我的消息，读过我的书。他说，他对“我的转变”感到纳闷。当年，他在我身上并未察觉到丝毫的特别之处，我一点也没显露出所谓的“较为出众的能力”。虽然，我对这个突如其来的话题为自己做了稍许的辩解，但是，他的那些话最终还是搅乱了我内心的宁静。直至今天，我都一直乐于将自己视为一个从某种角度来说总在不懈努力、对任何事物都能保持清晰目光的人。到底什么是我“较为出众的能力”呢？我没有追随这个国家的唯一灵感——这种灵感，表现为一种好似“蛊惑人们在精神上、心灵上乃至肉体上自杀的汽笛声”的无休无止的诱惑，显现出某种程度的勃勃生机。然而，要想把这种最低限度作为胜利来评价的话，我们应该高度谨慎。现在，究竟通过“变化”发生了什么变化？难道不再受人摆布？难道我自己救赎了自己？所发生的变化只不过是他们归还了我最低限度的生存条件，我的个体自由——牢房门“吱呀”作响，但还是打开了，我在这里已被囚禁了整整四十年，可以想象，这一声“吱呀”就足以使我惶惑不安。我们不能在自己当过奴隶的地方体验自由。必须离开这里，去很远的地方。但我做不到。

因此，我必须为自己重新诞生，变形——究竟要变成谁？要变成什么？

细雨霏霏。一个男人正坐在一家饭店的餐桌旁向一个女人解释着什么根本就不可能解释清楚的事情。他想放弃自己总是不断受挫的、对幸福的尝试。在一条条通向空虚的、充满允诺的迷途上，他已经厌倦于对快乐的追猎。不是另一个女人，上帝有眼，当然不是。自由。一种相牵相随的关系终于从多年来激转的浑浊旋涡中浮出水面。他感到厌腻，在所有的关系中，他所能意识到的只有对自己的不满。一条短暂、激烈、具有创造力的生命在他的体内浮现。对忠诚与职责的倔强恪守，是长期抑郁症的滋补之火。这把火是冷的，冷得就像一块冰；然而，巨大的满足却燃烧其中。“Was wussten sie, wer er war”（谁能知道他曾经是谁）——没有人知道他是谁，没有人知道他渴望抱着自己的秘密孑身独处。女人露出一副倾听的神情。现在，她本该站起来，本该晃着高傲的肩膀、强忍呜咽地离开这里。但是她没有起身。这时，男人想从座位里跳起来，想温情地、飞速地吻一下女人的眼睛，然后匆匆离开咖啡馆。但是他没有这么做。招手，付账。两个人同时从桌边站起。透过雨水吹打的玻璃窗，我们看到两个人走到街上。男人将雨伞撑开。他们肩并肩地朝前走出几步，女人终于挽起男人的胳膊，之后，他们经过一段时间笨拙的努力，终于调整好彼此的脚步。一股清新的气流从店门上方穿堂吹过，如同一阵一飘而过的、徒劳的窃笑。

细雨霏霏。曾经的党的领导人们正在电视里发表讲话。他们“相信”党，“相信”发生了“失误”和“错误”，但是他们也“相信”，比如说，对于这里发生的一切，“斯大林并不知情”，等等。但是，用不着相信，他们不能把这些陈词滥调与全部的真实内容相混淆，不能将所谓的“信仰”与真实的思想或情感混为一谈。可以汲取的教训是：这些人使我们的生活建立在一片毒言恶语之上。而且更有甚者，他们还为这些毒言恶语做洗礼，将之变成了一种有效的共识。他们的下台，将一群惯用毒言恶语的残疾者遗弃在身后，这些人需要紧急的道德抢救，他们的言语就如同一团被撕得粉碎的纸屑，似乎突然丧失了毒言恶语的价值，突然暴露出自己的道德性伤疤。道德的假肢“吱咯”刺耳，道德的拐杖“嗵嗵”作响，道德的残疾车正在转动……这一切，我只是冷眼旁观。这并不是说他们需要像忘掉一场梦魇似的忘掉一段历史的岁月：想来，这场梦魇曾是他们自己，假如他们想要活下去的话，他们要忘掉的是他们自己。事实上，谁也未曾调查过，对一个经历了长久死亡的人来说，“重生”到底还有没有可能？到底还有没有吸引力？在什么时候有谁重生，这不是在宣布奇迹，只不过是要继续活下去，继续苟活下去；从本质上说是为了至今为止同样的目的（毫无目的），根本就感受不到这种复活的体验？是否可能，让拉撒路扮演卓别林的角色[1]呢？

潮冷刺骨的悲剧之风正在呼啸。大地崩裂，苍穹塌陷。人们都突然变形、萎缩、衰老。地狱的喘息吹掉了

1 拉撒路（Lazarus）是《圣经·约翰福音》中记载的人物，病死后被耶稣救活。查理·卓别林，20世纪最伟大的喜剧大师。这里是指那些人不大可能获得重生，就像不可能让拉撒路摇身当卓别林一样。

人们脸上的色泽。一条条灰色的形影、一具具苍白的尸首在街巷里幽行。世界末日的诸种变形。在血染的原野上，他们在上满彩釉的库恩·贝拉[1]塑像旁踯躅，我恍然明白了，我看到的是自己青年时代的懦弱、愚蠢、盲目和一种归根结底与自杀相仿的、不可理喻的悲剧生活，事实上，无能为力也能以一种尊严的方式变形。这里头存在着某种尊严，一个人最终遵从了屠杀的指令，带着某种平和忍耐着，等着被点名，被杀戮。在这种安逸之中，在这种受害者的安逸之中，存在着某种伟大。就我而言，今天我已经猜到自己将要继续坚守岗位，顶多让自己的厌恶与日俱增。长寿似乎为我们收藏了许多的惊奇——我们自己为自己制造的惊奇。

“我们要尽可能深远地接受我们的生存。”里尔克说。卡夫卡[2]说：“我要多多地孤身独处。我取得的所有成绩，只不过都是孤独生存的结果。”尼采说：“距离的激情。”

到底什么是正确的生活？这是一个永远的秘密（对

1　库恩·贝拉（Kun Béla，1886—1938），匈牙利共产党的早期领导人。

2　卡夫卡出生于捷克布拉格的一个犹太人家庭，因此，他像凯尔泰斯一样，终身都背负着这个沉重的十字架，始终生活在社会的阴影之中。卡夫卡的作品和人格对凯尔泰斯影响至深。

我来说）。

昨天晚上，我躺在床上，重又绞尽脑汁地试着对“我的并不存在”的假设进行了长久的冥想。没有任何的主观臆断。我几乎感觉到，自己游离出自己的肉体——但是，历险也就到此结束。一旦我丢掉了自己的躯壳，内容也就随之消失；所有的一切都留在了那里。我的生死与我的肉体紧密相系，有的时候，这句陈词滥调简直令人难以置信。如果我以为“我的生活属于我”，那么我将犯一个错误。但是，如果我忽视它、抛弃它、将之废弃、把它掩埋的话，那么我将铸成一个更大的错误。这个生活已被托付于我——我不问“是谁将它托付于我”，因为我知道这个答案；而且我还知道，这个问题的提出就是虚假的。我只有倚仗于自己和自己无可争议的责任感（就跟倚仗唯一的感觉经验一样）。我与自己的生活处于一种相互依傍的关系之中。这个关系的名字是：屈从。至今为止，并没有遇到什么问题。但是那个破碎了的生活的哪一块碎片是那个自称的“我”呢？

“我”是一个虚构，我们顶多可能成为其合著者。“‘我’是另一个人。”（兰波）

"1951 年 4 月 9 日。'你是知道，还是只是相信自己叫做路德威格 ·维特根斯坦呢？' 这是一个有意义的问题吗？"（维特根斯坦[1]《论确定性》）

我在 1951 年 4 月 9 日做了些什么？在四十四年半前的今天？我想，当时我正作为一名被开除了的知识分子在一家名为"匈牙利国家钢铁厂"的金属机械制造厂里工作。那时候，我是知道，还是只是相信自己叫做"凯尔泰斯 ·伊姆莱"呢？

我既不知道，也不相信。如果有人叫我的名字，我只是简单地顺从。

我始终痛恨我自己的名字。早在童年时代，这个名字就浸染了太多的屈辱。

准确地说：我想，我惧怕自己的名字。即使现在，我对它都心怀余悸。

当我听到有人叫我"凯尔泰斯 ·伊姆莱"的时候，当我看到有人写下"凯尔泰斯 ·伊姆莱"这个名字的时候，简直是要我将自己从一个宁静的、隐姓埋名的藏身所里

1 路德威格 ·维特根斯坦（Ludwig Wittgenstein，1889—1951），奥地利著名哲学家，代表作有《逻辑哲学论》、《杂论》等。凯尔泰斯在翻译他的作品的同时，也深受他思想的影响。

拽出来。然而，我永远不能将自己与这个名字相对应。

（据说，托尔斯泰早在少年时代，就已经像一只小狗似的真实地陶醉于自己的姓名了。）

我到达维也纳的感觉，就好像是从自己的生活里逃离出来。我翻译维特根斯坦的作品（《杂论》），就好像是逃离自己的任务。

1992 年微寒的冬季。在初降的黄昏中散步。贝尔韦代雷公园[1]。卡尔教堂附近。听上去让人联想到悦耳的银铃声的阿根廷大街。一座座造型宏伟的宫殿，在一个门洞里，藏着一家出售印度尼西亚首饰、弯剑和奇特装饰品的隐蔽小店。阳光下（这时一些非常古老的词汇在我的脑际闪现，比如说“晚祷”），在晚祷时分（究竟什么时候是“晚祷时分”？）我透过开向皇家庄园的窗子朝庄园院内眺望。空气里散发着一股酸溜溜的气味，路上行人稀少，夜幕中黎明的色彩，一种孤独，一缕轻烟——这一切，这一切的一切，宛如孩提时代长长的、忧伤的、梦样的午后。

在这座城市，维也纳夜晚的寂静与古朴仿佛是某种

1 Belvedere-Park，位于维也纳市内。

暗喻，在我的体内……可以这么说，勾起回忆？

我想，我一向喜欢这样地活着：在一个租赁的公寓里（这套公寓不属于我），在舒适的家具中间（这些家具不属于我），无家可归地独自做着自己要做的事情（此刻，我在翻译维特根斯坦的著作），不受任何基本生存问题的困扰，在一个陌生的地方，让内心的感触伴着一些——可能是对某些从来就不曾存在过的事物的——记忆……

虽然在维也纳找不到维特根斯坦的足迹，然而在他身上，在维特根斯坦身上，到处都能够找到维也纳的印记。自由，到了堕落的地步：犹太民族的自我怨恨（事实上，关于“反犹太人主义的形成及其行动”的研究在这里可以达到一个最高贵、最高深的水平）；通常，这种自我评价的惶惑不定，就像父亲的或者国家的皮靴靴底的致命践踏，当毁灭性的敌视达到一定阈值的时候，这种“致命践踏”就会突然变得高效多产，从而成为创造者——思考，就像一种逾越的试尝；思考，就像一种复仇，就像一个亡命者充满轻蔑与恍悟的再一次回眸。

他说：“马勒是位蹩脚的作曲家。”我一边翻译着这样的蠢话，一边将《第六交响曲》的磁带插进录音机里。

托马斯·伯恩哈德[1]在一次接受采访时说（与他的表弟保罗相反）："路德威格·维特根斯坦是一个乐盲[2]。"但是，这句话有弦外之音。"播种思想是一回事，收获思想则是另一回事。"这是我从《杂论》中翻译的过来的话，可以这么说，维特根斯坦不愿意收获马勒的思想，我认为他之所以不愿意这样做，是因为马勒是一个犹太人。对一部作品的误解竟是如此容易。或者说，艺术作品竟是如此地不堪一击？不，它们实际上比这个还更脆弱易伤。所有的理解都是误解。我们能否这样说：是误解维系着艺术作品的生命？不，我们不太可以这样说。

在维也纳，这是第一个给我留下清晰记忆的、图解似的梦象。感觉不佳，自卑自贱，焦虑不安。可以说，这与昨晚所读的文章有关（文章刊登在《纵横》杂志[*Transit*]上，标题是《反犹太主义的拯救者》），另外，还跟维特根斯坦与自己的犹太民族性相系的不幸牵连有关。今天早上，我突然发现了一个典型的翻译错误："这

---

1 托马斯·伯恩哈德（Thomas Bernhard, 1931—1989），奥地利最受争议的作家，被称为灾难作家、死亡作家、社会批评家、敌视人类的作家、夸张艺术家、语言音乐家等。

2 德文 unmusikalisch，原意为"没有音乐细胞的人"。

是一个可以预期的矛盾冲突，”我写道，“即一个人在自身保持一种指向自身肉体的、古老美感的同时，还满怀喜悦地感激于肿瘤。”（维特根斯坦用“肿瘤”比喻“犹太民族性”）。当然，正确的翻译是这样的：“这个矛盾冲突突然要求一个人在自身保持一种指向自身肉体的古老美感的同时，还应该满怀喜悦地感激于肿瘤。”我的这个翻译错误，显然是弗洛伊德式的潜意识失言，它证明，我实际上对他抱着什么期待……

但是，我对我自己抱着什么期待呢？我该怎样对待我的这个最终还是从肿瘤角度看世界的梦呢？

彻夜难眠，今天早晨——就跟平时的每天早晨一样——我又从那块镶嵌在欧根亲王大街一侧屋墙上的“莫里茨·施利克[1]纪念牌”前走过，与其叫它屋子，不如称之为“公寓大厦”。由于与维特根斯坦有关，所以我在第一次经过这块纪念牌时就曾驻足。即便我在布达佩斯看到这样一个给人以空灵感的名字的话，肯定也会感到奇怪的。莫里茨·施利克是被他的一个“不喜欢犹太人的学生”（可能也是个坏学生）开枪击中头部，丧命于大学的

1 莫里茨·施利克（Moritz Schlick，1882—1936），又译石里克，德国哲学家、维也纳学派领导者。由于他的犹太人身份，于 1936 年遇刺身亡。

大礼堂内。由于这个暴行并不完全符合当时（1936 年）奥地利的相关法规，这名学生被判处了十年有期徒刑；仅过两年，他就利用德国吞并奥地利的契机迅速获释（也许由于他频频求饶的缘故）。在法庭上，这名学生以“施利克创立了一种邪恶、有害的哲学”为由进行自我辩护（或者说，就像包括现象学在内的那些极端偏激的“怀疑犹太人事件”一样，他以语言批评与逻辑的实证主义为由进行辩解——让我们再做一下更深层的合理思考：想来，揭示这些形而上学的谵语到底对谁有益？在那之后，这些意识形态的喋喋废语恰恰以此作为基础，建立起了自己的斜塔。）我真不明白，我为什么每天早晨要让自己因为这段历史而沉浸于悲哀。施利克居住在维也纳美丽的街区，他房间的窗户开向贝尔韦代雷的玫瑰园。楼房旁边，近来开了一家地窖酒馆，许多语调刺耳的陌生汉子进进出出。在这座富丽堂皇的大厦墙根下，点缀着一块块可疑、潮湿的污迹，昨天早上，由于一滩呕吐物，我不得不迅速移开了视线。自 1989 年以来——总共三年——当我最后一次（也是第一次）来维也纳客居，这座城市明显变得破旧失修。但是，我为什么要像一个维也纳普通市民一样地为此而忧心叹惋呢？显然，我在跟自己的身份紊乱相较量：我到底应该与谁为伍？在决断的刹那，维也纳的治安者们毋庸置疑地会将我推搡到那些语调刺耳的人群里；然而，我并不喜欢那个人群，因为他们从嘴里呕吐出西方的文化。现在唯一的问题是，到底存不存在西方文化？我只能与莫里茨·施利克结伴，他沉溺于思想，并因此被人枪杀，他的死也与哲学家的命运相匹配。

维特根斯坦："音乐的感觉是一个人生活的表白。"

我不知道为什么，总有一个画面在我的眼前反复浮现，一位室内乐团的女大提琴手的画面。地点是在布达佩斯，当她一次次用琴弓拉出强音的时候，她的头激亢地随着旋律用力摆动，她的头低垂在左肩上，看上去像一个并不属于她身体的物体。似乎每个音符、每次拉动琴弓，都要让她付出牺牲，都要令她的身体沉浸于那样一种忘我的状态——这种状态恰恰使人不再意识到她躯体的存在，从而让观众毫无间断地沉陷在这幅画面所唤起的痛楚之中；不过，她演奏的总是古典音乐，如果可以这么说的话：都是地道的传统音乐，如果我没有记错的话，是巴赫的音乐。

在维也纳，有许多贵夫人一样优雅、衰弱的老妇人。我伸出手臂，帮助她们从有轨电车上下来，搀扶她们踏到站台。她们中的有些人表示感谢，另一些人则用狐疑的目光上下打量我；不过，从没有人像我怀疑自己那样怀疑过我。

维特根斯坦时刻不停地用一个格外尴尬的问题折磨着自己：他提出来的东西到底有没有“价值”？这就像人们根据珍珠的市场价格衡量海贝，而与此同时，海贝却在深海里自然地生长：我们必须认识到，海贝的价格与海贝的生长在本质上毫无关联……

才能与天赋之间有一道——有时是不能够跨越的——鸿沟。

“不说谎的人，恰恰是相当原本的人。”今天下午我翻译道。

有谁会为人们——看上去——轻而易举地选择了思想（或用人们喜欢用的说法，“信念”）而感到惊讶？每种“信仰”都是不同类人的不同假面。而且不管戴上哪具假面掩饰自己，自己仍还是原来的自己，仍还做原来的事情。

维特根斯坦的话是真实的：宗教信仰最重要的是（而

且首先是）它的出发点正确，要知道，人类的处境是绝望的。我想问：能不能在绝望中信仰呢？因为对我来说，这个信仰就足够了：我并不绝望。

在这个清冷的春季，这些永不回返、不可能重复的维也纳的早晨；我充分享受这些早晨了吗？我是不是太愚蠢，以至于不觉得快乐？

有几个清晰再现的记忆瞬间：在史蒂芬广场上，一位裹着裘皮大衣、穿着格外惹眼的高跟鞋的女人，满脸堆笑地沿着一条残留着雪迹的石头小路朝她的朋友跑去。

在深夜的施瓦岑贝格广场上，一对被冻僵了的恋人相互依偎，等着 D 线有轨电车。

在一个暖融融、香喷喷的饭馆里，在烛光影绰的餐桌旁。一位自作聪明自以为是的大堂领班，很想知道到底谁将在音乐厅内指挥维也纳交响乐团，结果却用当地的脏话奚落了乐队的指挥。

在回家的路上，他略显蹒跚地走在昏暗的戈尔德大街上。

早上明亮的晨光，投照在格拉夫·施塔尔亨贝格大街

（Graf-Starhemberg-Gasse）的食堂内。生活中轻盈的不可能性，就像松动的肥土，而记忆就像野罂粟，会在上面萌出嫩芽，开出红花。

火车站沉浸在轻微的忧郁之中，这是黄昏别离的时刻。另有一张夜间的照片：快车车厢内，一个坐着的、倚着深红色靠椅的女人侧影。

次日，维也纳的星期日。午前，维特根斯坦；中午，到席津（Hietzing）散步。席津墓地，修剪整齐的园子，精心维护的坟墓（我再补充一句：营养良好的死人）。一进大门，迎面便是豪华气派的“陶尔斐斯[1]纪念碑”。据我所知，陶尔斐斯曾是个微不足道的人物。有一次，在玫瑰山丘上，在一条幽雅别致的观景峰大街上有一家夏季幼儿园。我正俯在一只大水盆前，有人——有一位身穿白色外罩的女人——正在院子里，站在脸盆前为我洗头。突然有人大喊了一声（不知是在街上？还是在院子里？），喊的是：陶尔斐斯！接着是枪击声。正在我头上的抓挠的那只手停住了，我的眼里、嘴里堆满了刺激人的肥皂水。我听到这样几个词：“流血了……还喘气呢……”我对后

1 恩格尔贝特·陶尔斐斯（Engelbert Dollfuß，1892—1934），奥地利 20 世纪 30 年代的政治家，曾任奥地利首相，1934 年遇刺身亡。

一个词记得尤其清楚，因为，我当时并不很清楚那个词到底指什么。我想象着那浓稠、殷红的液体——想象着一个成年人的血，那种血跟“我在将自己割伤或在跌伤膝盖后从我的体里快乐流出的鲜红、咸涩、令人骄傲的神奇液体”迥然不同——那是一种预兆不祥的、粘腻的物质；我的舌头徒然转动，却说不出话，那个“陶尔斐斯”一词对我来说，即使在今天想起，也总是与“粗声喘气”的想象以及肥皂水的味道一起重现在自己的记忆之中。但是，那条观景峰大街到哪儿去了？有时，我也走在一条叫做“观景峰大街”的街道上，但是，这条大街并不能使我忆起那条原来的观景峰大街。在现在的观景峰大街上，怪异的铁栅栏像巨大的蟒蛇一样缠绕着年久失修了的楼阁，在污迹斑驳的墙根下，我偶尔能看到一只希腊龟，我将它拾起来，带到小路尽头的那片绿地，并小心翼翼地将它放在草坪上；在这里，在这片高地的草坪上，曾经是世界的最后一座可以保卫的山峰，从这里，我已经可以看到世界的彼岸。在彼岸，隐现着某种诱人的湛蓝色憧憬，我用那双孩子的眼睛痴迷地凝望，在视野的尽头，在平如明镜的河湾与明耀的天幕模糊交汇的地方，有时我惊诧地发现了一条白船的梦影……

维特根斯坦实验：如果我说，水很凉，所有的人就会立刻向我解释，水之所以很凉，是因为现在是冬天，是因为在溶洞深处气温很低，就好像……等等；但是如果我说，我身上湿透了，而且发冷，人们就会递给我毛巾，或者不递。不管怎么样，我可以这么说：我是用问题寻找决定。(我想到了“仇视犹太人”的问题，想到了那些与之相关的闲谈)。

不用去理解世界，只因为它不可理解：浅显而言，我们之所以不理解世界，是因为这不是我们活在地球上该做的事情。

过度的思考，要么变得不幸，要么变得神秘。维特根斯坦最终也变得神秘，就像卡夫卡一样。只不过他是用另一种材料思考：用逻辑。应该摧毁这个世界，直到信仰突然像晶莹的宝石一样从废墟的下面闪烁发光。此刻，我想象中的他正手里捧着宝石：端详，端详，但想不起它的名字。不过他知道：奇迹发生了，已经得救了。

不管怎么说，作家最应该小心的是：他要说的话一旦耗尽，就会一下子变得滑稽。

明媚的3月。上午。色彩绚烂，天光刺眼。阳光透过窗帘投进普吕克勒咖啡馆（Café Prückel）；咖啡馆内寂静无声，报纸在客人们的手里悄然翻动；人们的举止缓慢，只偶尔挪动一下身体，安稳，悠闲；窗帘外，车辆也同样哑然无声地在大环路上疾速流动；侍者们随时准备好为客人服务，他们从来都不会手忙脚乱。在桌旁，坐在我对面的是一位面容洁净、有着陶瓷一样的目光、善解人意的男子：他是文学家，聪颖，机智，风趣。我们谈论了一些关于恐怖和末日预言的情景，在咖啡馆温和的寂静里，这些情景在我们体内愈加变成了潺流似水的朦胧幻象。我们一致认为，某种令人恐惧的事态发展将阴影投向了前方。这种恐惧的预兆无处不在，指向四面八方。理性的语言终归还是难于接近这些现状。必须重新借助于古老的语言，借助于知道撒旦、了解世界末日的《圣经》的语言。我们就这样满口谎言，虚伪狡诈，悠然自得；与此同时，快乐的舞蹈欢跳在耀眼的天空、临近的春天与甜蜜的自由感滑到我意识的边缘。

后来（午后），解决维特根斯坦作品的版权问题（我为之翻译的出版社出于疏忽，忘记了购买维特根斯坦作品的版权；而获得了版权的那一部，却委托他人翻译了）。

我客居维也纳的根本理由和借口一下子成了问题。也许，我得提前回家，一想到这里就感到吃惊：恐惧竟会使我感到身体的疼痛，犹如一个个幻象，我联想起一幅画作，一个回头的浪子，赤裸的双腿，行囊，干瘪的狗和摇摇欲坠的茅舍，简而言之——被抛弃了的家。

不要忘记你那重生的梦。

不要忘记你的生身父母。

不要忘记你是在深沉的梦中从他们那里获得的生命。

不要忘记那蕴涵在生命本身的允诺。

不要忘记允诺也会设有条件；甚至，只有在那些条件得以满足的时候，允诺才可能得以兑现。

只是，你不渴望其他的什么？

炎热三伏的布达佩斯。昨天晚上，在有轨电车里，有一条狗——浅棕色的腊肠狗——沮丧地卧在坐椅下，蜷在主人的腿边。极度忧郁的黑眼睛慢慢地阖上。毛色灰白了的老脸上，淌着两道眼泪。它被车门关撞的声音吓了一跳，吃力地爬起来，但是马上受到了呵斥：坐下！它的尾巴被人按了一下。它眨着眼睛，郁闷地顺从着。

在它身上找不到一丝存在的印记，与此同时，它被某种被迫的忍受施加了魔法——仿佛它是另一样东西，在另一个地方，在另一副形体之内，在另一个时间和空间里；仿佛就这样容忍着，不过只是要以最后的毁灭为代价，容忍着一个极端的错误……

偶尔，有一个（无法解答的）问题在我脑际闪现：我到底是谁？到底是个什么人？我与众不同的经历到底是什么？J 是现在一家新出版社的负责人，昨天他告诉我，我在 1988 年获得的四年阿提司尤斯奖学金（Artisjus Stipendium），他就曾是颁发那笔奖学金的评委会成员。当时，所有的人都已在“晚期卡达尔主义”[1]闷热的体操房里嗅到了一丝改革的清风。评选委员会的成员们心不在焉地在届届相同的申请奖学金候选人名单里勾来划去，这时有一个人——J 说，他也记不清到底是谁了——忽然莫名其妙地“抛出了”我的名字。顿时一片沉寂，评

1 卡达尔·亚诺什（Kádár János，1912—1989），冷战时期统治匈牙利时间最久的共产党领袖。卡达尔自 1956 年匈牙利革命失败后执政，并在前苏联压制的夹缝中实行“经济改良”，营造了一个相对宽松的政治环境，提高了匈牙利人民的生活水平。他在政治高压下实施经济改良的思想与实践，被后人称之为“卡达尔主义”。1989 年卡达尔去世后，匈牙利开始了政治体制与经济体制的根本变革。

委们面面相觑，试图从彼此的脸上读出什么：到底可不可能就这样遴选一个……凭什么呢？说来也是。除了我的两本小说《命运无常》和就在当年刚刚出版的《惨败》之外，我并没有什么其他的罪责。或许，西格利盖特[1]告密者[2]们关于我“厌恶制度”的举报并没给我造成多大伤害。那不过是柏拉图式的中伤，我从来没有参加过任何一次所谓的“反抗运动”，我对运动的厌恶与对制度的厌恶旗鼓相当。我就像一只狗一样地活着，孤独地将自己拴到自己的谬论上，这种时候，我顶多只能对着月亮狂吠。我以为，没有人会读我写的东西，没有人会知道我。但事实是，他们准确地知道我的一切，而且卡夫卡式的文书们也在注视着我的命运。正如我小说中的一个人物所言：“有什么必要管它？等一会儿它自己也会翻转。”是的，他们对我也抱着如此这般的想法。我的人格、我的存在方式以及由此萌生的“作品的不可接受性”是这

1 西格利盖特镇（Szigliget）位于巴拉顿湖北岸，这里指坐落在西格利盖特的匈牙利创作之家。凯尔泰斯也经常去那里写作，所以在日记中多次提到。匈牙利创作之家是 1952 年由艾斯特哈兹庄园改建的，开始时只接待作家，1968 年开始画家也可以去那里创作。

2 告密者，指冷战期间匈牙利国家安全部门在各行各界安插的耳目，负责监视和举报周围人的动向。告密者中不乏名人，在作家出没、思想活跃的创作之家，自然是严加监视的地方。

样自然而然，用不着对我自己做出任何的判定，只要有公众的沉默认可就足够了。我一边听着J的话，一边审度着自己，我对发生在自己身上的事情感到厌恶。用不着对这些感觉进行分析，负面的满足幻觉将所有苦涩的喜悦统为一体。我是独裁者无可救药的孩子，打在我身上的烙印就是我与众不同的地方。这就是我在这块土地上、在人群中得到的几乎无法解释、同时又是最真实的体验。我一刻也未曾想过自己是无辜的。很早的时候，早在我的孩提时代，我就已经有了这样的体验。如果人们与我单独相处，他们喜欢我；如果是在大庭广众之下，他们则会出卖我；如果人们将目光投向可以牺牲的玩偶身上，每个人都会匆忙不迭地决定背离我。这两种分离的感觉显然是由我自己激发的，也许，在我体内原本真的存在某种无辜——换句话讲，更不如说是一种幼稚——正是这种无辜，在日常运营的巨大人世间确定了我该扮演的角色。那种由于自卑的境遇所酿造的毒素，完全可以杀掉一个人；然而，在我心灵中隐秘的化学作坊里，我却通过某种方式将它配制成一种我生活中最为辛辣的调料。在我身上打下的烙印是我的疾患，但同时也是我生命力的激活剂和兴奋剂，我可以借此获取灵感，当灵感乘着疯狂的雪橇从我的存在中疾滑而出的时候，我就像癫痫突然发作似的，突然找到了表述的形式。在我身上打下的烙印是我的悲哀和资本。现在我需要小心的是，尽管我对它们越来越难以忍受，但是我又不能缺少了它们。问题是，我是否适于过一个正常人的生活？我猜想，对于这个问题——至少在我还生活在这里之前——恐怕我永远不能得到一个直接、明确的回答；在我生活的地方，这些烙印已经成为永恒，因为它们或许已然变成了我的天性。

我在闷热的房间里读着马洛伊[1]的《日记拾遗》。这是一本有趣的书，写的都是战争刚刚结束后那段时期内惶惑不安的无名怨愤（确实是他在日记中遗漏的）。他建议犹太人接受天主教。这个建议仅从这个角度看就难以使人接受，因为——环顾我们周遭的天主教世界——即便在天主教教徒中间，也极难找到多少信徒。

1 马洛伊·山多尔（Márai Sándor，1900—1989），20世纪匈牙利最伟大的小说家之一，二战结束后流亡西方，表示只要自己的祖国一天不自由，就绝不返乡，1989年2月在圣地亚哥家中开枪自杀。代表作有《一个市民的自白》、《烛烬》、《马洛伊日记》、《土地！土地！》等。他的作品和气节对匈牙利当代作家影响很大，凯尔泰斯在自己的日记里多次引用马洛伊的话。

深夜：焦躁不安的行动欲望，语句像长了翅膀似的翩翩而至，感受到一种狂奋的喜悦。我的腿经常浮肿。经常感到头晕目旋。我喜欢自己身体日趋衰弱的厄运。

昨天，我看到了当代的流浪骑士。那是在夜里。我和奥尔碧娜[1]一起坐在Z夫妇的汽车里。从米什科尔茨市回家[2]，在阿尔帕特大桥[3]佩斯侧的桥头上，宛如大雾的浮尘一动不动地弥漫在被梦魇似的街灯笼罩着的蓝色世界里，在悬浮的尘埃之间，在闷热、旷寂的街上，在石头和柏油路的泥泞处，我们被一个路口的红绿灯拦住了。匪帮就在这时出现了，从地下通道里钻出几个“尼伯龙哥”[4]，八到十个体态笨重、动作古怪的家伙，他们穿着防暴警制服颜色的裤子，刮了光头，其中一个家伙的手中拎着一根长长的木棒（也许是一根著名的棒球棍）。他们寂静无声地排着纵队，趟着浮尘，行进在另一个冥界般的、雾样的光线里，这是一个悲哀的、嗜血的队伍，他们瞪着猩红的眼睛，有谁知道，这是在一种什么样的雾

---

1 沃什·奥尔碧娜（Vas Albina），凯尔泰斯的第一任妻子，1953年与凯尔泰斯结婚，1995年病逝。

2 Miskolc，位于匈牙利北部，是重要的工业城市。这里的“家”指布达佩斯。

3 Árpád Bridge是布达佩斯境内的一座多瑙河大桥。

4 德国民间传说中西伯格里特王子的追随者尼伯龙根（Nibelung）的谐音，这里作者意指“德国纳粹主义”的追随者——光头党人。

气中，他们在猎捕人肉。在他们迷彩制服的裤子上，就像一群浑身斑点的土狼，蠢笨地怀着一种持久的憎恨寻找着——将把谁当成捕猎的对象，也许，他们四处捕猎并不是由于饥饿，而是出于无聊，出于习惯，出于他们对其他生命天生的憎恨。我承认：我揣着一种冰冷的恐惧，盼着路口的红绿灯在这群正在搜捕猎物的乌合之众将目光瞥到车内之前——在他们辨出我脸上致命的、无法消除的特征之前——赶紧变绿。这些人类的生灵是地狱幻象的化身，是“荒漠之国”的化身，他们在那里已经不再讲话，只是杀戮分尸，然后弃置路边。这仿佛是一种赤裸裸的自然法则的显现，但是，这已是一种缺少了诞生与造化的自然法则。我不禁这样想，一定是在判断过程中发生了某种极大的错误，尽管我很难说出，这个错误到底是什么。死亡？还是仅仅是对死亡的恐惧？

我看到，我正经历着的是这个国家令人惊诧的败落和自杀偏执的转变[1]。我看到，这个国家的恨意和我自己

1 这个“转变”指匈牙利自1989年开始所进行的，从“一党制”改为“多党制”的国家体制变革。尽管匈牙利所进行的是自行的和平变革，但是，在改革初期的几年内——在所谓的“过渡时期”内，由于政策上的幼稚多变、管理体制的不完善、西方文化的骤然冲击、各新兴党派突然膨胀的权力欲，以及在人们突然丧失信仰后所萌生的物质欲，使匈牙利社会在政治、经济与文化领域都经历了一次剧烈的挛痛。

的记忆正日复一日地与之疏离。我对这个国家的冷漠与日俱增。我逐渐地试图隔断与它的联系。语言——是的，这是唯一将我与之相系的东西。这是多么特别。这种陌生的语言，是我的母语。通过我的母语，我理解了那些凶手。近来，人们经常这么说，说“我变了”。这说的是我的优点？还是我的缺点？我觉得，这说的还是我的优点，不过听起来像是对我不满。近几天V曾怨愤地冲我说“我失去了内在的深沉”，因为我谈论了版权问题和物质的东西。怎么了？莫非是奴隶的地位和专制的幼稚赋予了我“内在的深沉”？四十年来，莫非我一直是违背着自己的天性——或者简而言之，一直违背自然地生活的吗？想来，这并非绝无可能……我自己也意识到了自己的变化，不错，我是以另一种方式意识到的。我将自己与目前的环境决然分开，好像是在其中升华，有的时候我只是手抓脚攀，一动不动地挂在那里，使自己不会再像以往那样地随之沉入抑郁的幽深潭底，这已然像是一种挑战，甚至显得缺少团结，显得像一种出卖。在地平线上，某种无法把握的机遇，向我闪烁出弱得几乎令人难以看到的微暗烛光，这个已然可以视为墓地的讯息，和我生命衰竭的开始。这是一个特别的瞬间，一个特别的驿站，假如我要在道路岔向四面八方之前不遗余力的话，那么，我便可以在这里采摘几束神秘的“关联”，并将其扎起成束，就像是从路边采集的五彩缤纷的野花。总之，与此同时，在《船夫日记》的写作与出版的同时，一种较为狭窄的生活模式的改变（我的）与一种较为宽广的生活模式的改变（国家的）相互撞击。我知道，这两种事件的同时发生与存在，对我来说并不会使我受益：与此同时，在巨大的世界创作室里，帷幔剥落了，露出了荒芜的乡村，在一个很小很小的旮旯里，从废墟里筑起了一栋刚封顶的建筑（尽管可能将会倒塌，而且一点也不完美）；我知道得很清楚，而且这样感觉到：这无可拯救。我想继续走下去，但是在我体内颤动着惶惑不安，某种无法抵御的乡愁。想来，我也害怕孤独，害怕读书，害怕那些自虐的时分，害怕在被遗弃的心绪中潜藏的能量，害怕这种由来已久、与我长成一体、顽固不化的生活方式，害怕直面那些不断摧毁的力量，可以这样说：我就这样面对这一切地活了过来，就像是上在弓弦上的箭锋……这是一个巨大的历险，这是一种欣悦，我揣着决然的沮丧活了过来，现在蓦然回首，仿佛像一位老人在回顾自己年轻的时代。

10月末，我来到莱维屈恩的菲尔达芬[1]，人们通常认为这是“莱维屈恩住过的村子”——后来我翻阅小说《浮士德博士》[2]，当然，莱维屈恩的村子并不叫“菲尔达芬”，而是叫做“普法伊费尔”（Pfeiffering）。

这也无所谓。

我在施塔恩贝格湖畔[3]已经住了三个月了。我总是出门，归宿，就像一个职业的房客，总是披星戴月地很晚才回来，仿佛是头夜里出猎的野兽，循着一条条捷径。

我对法兰克福的几个片段的印象：书展、采购的戳子敲在带去购书的皮箱上；尽管上面写的东西我只字不懂，可我却总是等着那一道帷幔什么时候掉下来（尽管我既不知道那到底是一幅什么样的帷幔，也不知道它应该从什么上边落下来）；一些令人惬意的荒谬。一位出租车司机将我带到火车站，从他的侧影看去，显得十分尊贵，并具有一股独特的气质；然而，在侧影的后面却有着某种内在的衰损的痕迹——是由于他缺失的牙齿？还是由于某种生活方式？谁会知道，这到底是一种怎样的、

1 Feldafing，位于德国巴伐利亚州的一个自治市。

2 《浮士德博士》（*Doktor Faustus*）是德国作家托马斯·曼的作品，莱维屈恩则是该书的主人公。

3 Starnberger See，位于德国境内，慕尼黑附近。

常见的疏忽。他操着一口不纯正的德语，抱怨德国人对陌生人种越来越严重的憎恨。突然，他摇下车窗，跟一个正坐在自己的出租车内停在出租车站休息的同事打了声招呼：“哈罗，将军！”随后笑着告诉我说，那位同事在法兰克福开始开出租车之前，曾在萨达特[1]的军队里当过将军（我觉得，我身边的这位具有独特气质的司机可能是埃及人）。他很健谈，就像一个蒙受灾难民族的蒙受灾难之子。他很快扯到了政治，而且开始评论犹太人问题。我一声不响地听着，就像一位态度冷漠、一心赶向火车站的游客，不会将自己的目标与通向目标的街巷相混淆。我给了司机不少的小费，但我隐藏了一个秘密，没有告诉他：这些小费他是从一位犹太人手里得到的。——柏林，这座被分割两半的城市的统一历尽了兴衰与坎坷。归根结底，这个令人难以想象的统一的体验：事实上并不是人们期望的。由于缺乏建设的经验，结果面对骤然变得辽阔的空间与激增的机遇，尤其是面对迫在眉睫、刻不容缓、急待解决的事务，人们突然感到的

1 穆罕默德·安瓦尔·萨达特（Muhammad Anwar Sadat，1918—1981），埃及独裁者、前埃及总统。因与以色列谈判用和平手段收复失地，于 1978 年获诺贝尔和平奖。1981 年在阅兵仪式上遇刺身亡。

是一股怨愤和令人激动的无奈感。怔怔地望着老年的欧洲终于实现了已渴望几十年了的、假想的目标，现在人们则警醒地注意着：不要延怠那些被寄予的重任，应该激励那些督促自己思考、革新、创造的行为。长髯飘飘的欧洲，就像一个吝啬的老翁，当异性向他邀舞的时候，他总是用拐杖拨开那些邀他跳舞的年轻姑娘，因为，他脑子里只存在一个念头：这些姑娘是图他的钱。“这个世界的渺小，是由日益严重的脑血管硬化和对自己葬礼的预感造成的。”我在《犹太人社会》中这样读到。当那晚活动的组织者，一位身材矮胖、有点气喘的妇人站在我面前时，我忽然感觉这张面孔我很早以前就在佩斯见过，但是很快发现，那位妇人是从英国来的，是伦敦人。终于，我必须承认一个我至今难于承认的事实，“犹太人”并不仅仅是一个抽象的概念（当然，它是一个抽象的概念），而是一种人和一类人。简而言之，尽管不是所有的犹太人都是犹太人，正如勋伯格所言，然而，每一个犹太人都不能逃避这个事实：他是犹太人（这则是我自己的体验）。（只要看看近来佩斯的犹太知识分子的面孔就会知道。四十年来，这些人始终相信，自己再也不用正视自己曾是犹太人的事实了，只是因为在卡达尔类似洗脚水的公众当中，词、记忆、哀悼和真理都被视为禁区——是的，只要看看这些痛苦惊愕、惶惑不安、犹豫不决、时而愤怒的面孔，只要听听这些痛苦惊愕、惶惑不安、犹豫不决、时而愤怒的话语，就会感到他们对那段沉没岁月的愚蠢怀旧，或者对新的“犹太人自我意识”的苏醒——但是，在他们中也有人忽然将自己的出身视为一种麻烦，突然暴发出一阵癫狂的暴怒。现在，这些犹太人在无奈的痛苦之中摇身一变，作为“仇视犹太人”的撰稿人跟着一群已经堕落成畜群了的知识分子冲锋陷阵，他们怒吼着、高呼着那个已经变成、已被变成了午夜沙漠的所谓的“匈牙利精神生活”……）

维也纳：我在旅馆里与从佩斯赶来的奥尔碧娜见面；晚上，在大学参加“阿梅里讲座”举办的读书会——我对这个可能过于刺人耳目的演讲标题略感不安（《大屠杀是一种文化》），但是并没有遇到任何的麻烦，我可以这么说，结果恰恰相反……晚餐时，我从奥尔碧娜的脸上也看到了喜悦的反光，她也表示“讲演很成功”；两天后，清晨，在温和晴朗的秋日苍穹之下，在维也纳火车站的站台上，我正手忙脚乱地将自己的行李搬上行李推车，已经迟到了，我推起行李车朝开往慕尼黑的列车疾赶。在通向站台的车站门口，站着那位刚才拉我来火车站的出租汽车司机，他正气喘吁吁地四下张望，他看到我，喊道："Das können Sie vielleicht noch brauchen……"（这些东西您可能还有用），他将我的全部证件和装着所有现金的钱包递给我，想来，我是在付款时将这些东西随手放在身边，并忘在了车里。现在，我是如此自然地将这些东西接过来，并带着一种轻快的感激跟他握了握手，这一切都显得自然而然，似乎大城市的出租汽车司机追着一个陌生人归还他忘在车座上的钱包是一桩再自然不过的事情。这时，我又推起行李车朝我将要搭乘的列车飞奔。最近几天，甚至最近几周，所有奇异的怪事在我身上变成了某种匆忙的、清晨的渴望，变成了某种热烈的、至今为止并不十分熟悉的认同——这种认同，伴随着火车站即时的氛围、秋日朦胧的蓝色清晨、周遭鼎沸的喧嚣和那些或匆匆疾走、或默默伫立的人们；伴随着自己的存在以及所有的一切，或说是任何的一切，伴随着所有在我身上发生过或正在发生的事情，哪怕是死亡。这种认同感还伴随着疯狂的冒险，那些冒险的念头就像黑夜之光似的总是尾随着我，不时在我的地平线上点燃：这一切都以某种短暂的、节庆般的形式交汇在一起……只是，当我登上列车的时候，我突然想起，自己在匆忙之中忘了给出租汽车司机一些小费，我忽然变得情绪低落，这个疏忽使我重新坠落到令人生厌的现实世界之中。

也许，我们之所以能够承受生活，是因为这个生活竟如此的不真实；另一方面，因为意识总在不断地窥视所谓的真实，它渴望真实。.

“我开始明白我自己。我不存在。[1]”摘自佩索阿的《不安之书》。

大雾。远处的阿尔卑斯山脉，时而像一群白色的魔怪突然显现，时而隐遁在棕色的空气中。

我一旦开始写作，就必须要从彻底的思维催眠状态中脱身出来（关于这个话题我能说这些，写作将越来越艰难）。

1 本段引用杨铁军译文。

我在菲尔达芬没有写作。我没有工作，而且也不知道，自己还会不会工作。我已经不知道怎么工作了。我一口气用德语读完了这部小说——《为了未诞生孩子的祈祷》[1]，我已然不知这本书到底是不是自己写的；如果是我写的，又究竟是怎么写出来的——我忘了。你们知不知道，列宁曾用石块驱赶夜莺？这是真的，是我在电视里从一位年轻俄罗斯导演的电影中看到的。我看到一些关于中风后漠无表情的列宁的写实照片。人们将他带到克里姆林宫，带到春日的湖畔，沐浴在阳光之下，人们试图带他到所有可能使他感觉良好的地方。但是，夜莺总在凌晨将他从梦中闹醒。就在这样的一个凌晨，他冲进院里，开始轰赶夜莺。他从地上拣起石块朝它们掷去。突然，他感到自己再不能举起石块，甚至不能抬起胳膊：他瘫痪了。这是不能被扼住歌喉的夜莺对伟大革命家进行的高雅、轻盈、然而却像花岗岩一样坚强的复仇，这是艺术家的复仇。

在菲尔达芬，在瓦尔德拜尔特别墅里，每株纤细挺拔的松树干上，都带着醒目的、刚用白石灰刷写的、很

1 《为了未诞生孩子的祈祷》是凯尔泰斯 1990 年创作的小说，1992 年德文版问世。

大很白的两位数数字。夜里，当 M[1] 借着汽车刺眼的灯光第一次看到这些被编了号的松树时，她所受到的震撼是可以想象的。

我们“逃到”维罗那。在回去的路上，一位毕恭毕敬的意大利老妇人在她的园子里试着给我们指路：“明白了吗？”之后，我们重又到锡箔色调的施塔恩贝格用早餐，看不到阿尔卑斯山脉，湖水与空气一片灰蒙，点缀的斑点是雪色的天鹅。我们在去慕尼黑机场的途中迷了路，我们在萨尔斯堡的一个加油站分手，挥手告别，汽车飞快地拐上了国家公路，M 匆匆赶回布达佩斯，我则赶回菲尔达芬的住所。在去慕尼黑的列车上，举行着一个特别的“仪式”：三名德国海关官员正命令一位旅客——如果我没有听错的话，这是一位讲波兰语的男子——打开行李，把里面的东西掏出来。海关官员将那名乘客夹在中央，俯着身低声耳语，没有任何夸张的动作，没有人提高嗓门讲话。即使我在海关检查领域已经积攒了一定的经验，但我仍猜不出那里到底发生了什么事。他们训练有素地工作着，语调谨慎，态度礼貌，无可挑剔。

1 M，指凯尔泰斯和妻子奥尔碧娜的好友玛格达女士。奥尔碧娜 1995 年病逝前将丈夫“托付”给玛格达，1996 年玛格达做了凯尔泰斯的现任妻子。

在菲尔达芬，我感到宿醉后的孤单。雾。我徒然地与笔、与纸、与自己较量着。

在慕尼黑散步。我寻找着著名的施瓦宾格区。没有找到。或者说我找到的，并不是我要找的。街巷阴郁昏暗。慕尼黑就是这样，在晚秋，在倾盆的大雨之中，这是一个阴郁十足的地方。在上帝的审判之后，德国完全毁灭了。这些城市，这些街道，所有修复的或新建的建筑物，都像一块块巨大的、在肌肤表面结痂了的创痕。没有人会相信：这很美。

我被邀请到莱比锡朗读我的作品，我冒着冬雨，抵达了一座黑色的、支离破碎的城市，我将在市政府招待所过夜。现在刚到正午，我想吃顿午餐，我从楼上的客房里出来，沿着楼内的长廊走到头，然后，顺着楼梯下到餐厅。我向侍者要了一份菜单，他以一种似曾相识的微笑接待了我，似乎我曾在什么地方见过他。他带着这种微笑将菜单递到我手中，并问我想吃什么。我回答说：一块烤肉和一份沙拉，如果可能的话，在主餐前上一盘汤，另外再要一杯葡萄酒。我得到了我点的一切，每样都非常可口，吃得盘净杯空。我准备付账，那位侍者仍挂着那副似曾相识的微笑告诉我：我的账已经结清了。就在这一刹那，我突然意识到，我来到的是一座幽灵的城市，在这里仍隐约出没着那类——不到三年之前、也许我是最后一次看到其存在的——专为享受特权的干部们建立并运营的特权部门，不管人们从前怎么称呼它，也不管现在又怎么称呼它，服务人员可能还跟以前一样。我在餐桌上留了五马克的小费，颓丧地回到自己的房间，马上将有人来接我去城里观光。我朝窗外瞥了一眼，黑色的雨水打着黑色的房子，我窗外的风景，是市政府招待所被刨挖了的、堆着泥沙的院子和铺在泥潭上的、能让我走进楼房的木板条；我检查了一下，看看三把钥匙是不是都带在身上了：院门钥匙、楼门钥匙和房门钥匙；我被告知：管理员将在傍晚回家休息，他们离开别墅前，会将各种饮料备好，我可以随时下楼，到大厅将我要喝的饮料取回房间。

负责接待我的人十分仔细地带我参观了这座城市，依旧是黑色、潮湿、阴冷的街景，这跟我几小时前看到的并没什么两样；然而在城中心，我们不带任何预兆、没有任何关联地走到一条能跟西方都市里的步行街相媲美的商业街，如此奢华的街区照明，更加强调了这座正逐渐浸入黄昏晦暗之中的城市的“黄昏之晦暗”。我们去了托马斯教堂（Thomaskirche）和奥尔巴赫地窖(Auerbachs Keller)，甚至还去了火车站，去了那个很快就会像法兰克福、慕尼黑和其他火车站那样挤搡的、人流注满的、被笼罩在朦胧之中的、沉闷、空旷无人的车站大厅。真的起风了，夜风冰冷刺骨，接待员知道了我想在读书会开始前休息半个小时，于是建议我叫一辆出租车。他叫来一辆出租车，我听到他告诉了出租司机我住所的地名：守卫大街（Wächterstraße）几号几号。我下了车，他将继续赶路，我们约好了时间，他过一会儿将回来接我去读书会会场。我向他挥手道别，在漆黑的街巷里摸索着钥匙，终于将一把钥匙插进了院门的锁眼，但是没有打开。我又试了其他的钥匙——但都无济于事。我看到了门铃，于是按了一下。从装在门口的对话机里传出了一个声音，我说：“我开不开门。”“什么门？”那个声音问。“院门。”我应道。“你为什么要开院门呢？”“我想进去，”我说，“我也住在这里。”“这里？哪儿？”那声音听上去让人感到不舒服。“我住在市政府招待所。”我说。“你可能是住那儿，可这是美国会馆。”那个声音已经变得很不友好，对话机随后“啪”地响了一声，对话结束了。我站在街上，四周漆黑，暴雨瓢泼，风也越来越大，越来越冷，我不知道到底发生了什么，看来出租车将我放错了地方。我站在街角，但找不到路牌，没有电话亭，也没有咖啡屋、商店或饭馆，至少我在这里折腾了十分钟，到处张望，四下寻找，但没有见到一辆能把我拉回住所的出租车——我在心里一遍又一遍地默念着住所的地址。路很宽，空旷无人，街灯昏暗，在我所站的一侧的花园深处，有几幢别墅哑然躺着；街对面，是一道漆黑坚实、令人生畏的公共建筑后墙，这道墙也许是博物馆或大学的，也许是监狱的，只有楼上的一个窗口透出了一道灯光，看上去好像是在嘲笑，而且使我感到自己在这个阴郁、隐藏着敌意的城市里受到了排斥，它使我感到一种威胁，就像一头饥饿、冷漠的野兽，突然咬住自己，将自己吞噬。终于，一个行色匆匆的年轻人出现了，他的后脑勺塞在短外套的风帽里。我问他：守卫大街怎么走？他不知道。我问他：这条街的街名叫什么？他也不知道。我说：这怎么可能？想来他现在正沿着这条街走呢。他回答说：他每天都沿着这条街走，但还是不知道这条街叫什么。他耸了耸肩膀，匆匆地走了。我又手足无措地熬过了几分钟。黑暗中，又一位妇人撑着雨伞朝这边蹒跚走来。她说，我们所站的就是守卫大街，不过我要找的房子不在我正找的这边，而是在我身后。我掉头穿过一个街口，果然，市政府招待所就在眼前！——离我刚才所站的地方仅有三十米远，我只须沿着正确的方向寻找就行。门锁转动，我长舒了口气，仿佛回到自己家似的、小心翼翼地踏过一条条木板，传达室黑着灯，整栋楼漆黑一片。我走进楼，按了一下开关，点亮电灯，见不到一个人影。我匆匆上楼，回到自己的房间，脱掉身上的衣服，一头倒在了床上。好吧，现在我得睡一觉——就在这时，我听到了一阵喧哗，随后是一声魔鬼似的嚎叫。毫无疑问，这个声音是从楼里传来的，是令人毛骨悚然的男声，而且说的是德语，听起来是在威胁谁，或是在要求什么，也许二者皆有，吼叫声持续不断。我重感孤独，管理员不在，虽然有电话，但我不知道警察局的号码，既没有电话簿，也没有其他的信息。不管怎么样，我将房门锁好。那个吼声变得越来越恐怖，我想了一下，踮着脚尖踅出房门。从走廊可以看到餐厅，但光线昏暗，大厅空荡荡的，声音是从另一个方向传来，我踮着脚尖迈出几步，走到护栏前边，从这里朝楼层的深处望去，我看到了底层的台阶和房子的入口大门。在底层台阶与入口大门之间那个巴掌大的前厅里，有一个秃顶、矮粗、穿着背心的男人，他就是这个恐惧声音的发源地。我仿佛看到了一个震怒的疯子，从他的喉咙里不停地喷出无尽的咒骂；他大概听到了我的脚步声，于是转过身来。这时，他扬起那张戴着眼镜的脸循声寻找，就像一位在强光中失明了的复调作曲家，满怀痛楚的愤怒大声地咆哮："Komm, komm! Komm runter, du Gauner, komm mal, los, komm!"（来，来，下来！你这个家伙，来呀，快点过来吧！）我惊恐地跑回自己房间。这到底是怎么回事？他到底是谁？我该怎么办？马上会有人来接我去参加读书会，不管怎么说，我得换一下衣服了。几分钟后，我不再听到那个声音。我又等了一会儿，随后决定从房间里走出。楼内漆黑寂静，我继续朝楼下走，走到入口的门前——什么也没有。接下来是最危险的一刻，我的无助感上升到极点：我的身后毫无防卫，我拼命跟那扇紧闭着的、必须从里面打开的大门较量，后背始终对着空旷的大厅。终于，我走出楼外，吸了口气。外面雨暂时停了，但暴风呼啸，木板上的雨水已经结成了冰。我安全地走到了院门口，就在这一刻，街上有一辆汽车停在了门前：他们来接我。我如释重负地钻进车里，坐在接待员和他的妻子旁边，出于紧张，我用自己最差的德语水平向他们讲述了自己的历险，不时需要回答对方提出的几个追问；但是，我觉察到——比较含蓄地说——他们认为我说的事情过于夸张。我们到达了一个规模不大、梦境一般的庄园——古丽舍庄园（Gohliser Schlößchen），我将在这里朗读我的作品，一位气质卓然的女士接待了我，他们十分诚恳地、用高雅而庄重的语调礼貌地告诉我：在读书会正式开始之前，将有一场很短的音乐演出，另外，他们本来预计会有更多的听众参加，但是遗憾的是，今晚 M 教授也将举办一场人们期待已久了的演讲，这位著名的大学教授当年正是在这座城市被从大学讲台上赶走，失去了大学里的职位，并从这里流亡到西方；现在，他又从那里凯旋而归，自然所有的人都希望亲眼看到他，亲耳听到他。随后，节目按照安排的程序进行，一位年轻女士演奏大提琴，一位先生演奏钢琴，我朗读了自己的作品，回答与之有关的问题，我接过一束鲜花，随后到附近一家意大利餐馆用晚餐。这时，外面的暴风雨越下越大，并且刮起了冰冷的夜风。我不再将自己的经历强加于人，但我坚持请我的接待员们在晚饭后不仅将我送到住所，而且还要陪我一起进入房中，因为我实在不知道那里可能会发生什么。楼里灯火通明，我们走上楼梯，在走廊里遇到了一位刻意打扮、满面堆笑、有点发福的中年女士，我的接待员们像同事或朋友似的跟她打了招呼。我这才知道，这位女士是 M 教授的随员，他们现在刚在演讲结束后回来。演讲十分成功，人们长时间地向 M 教授热烈道贺。不管怎么说，我非常高兴，这样一来我用不着一个人在这个闹鬼的房子里过夜了。答话中，我提到自己去参加读书会前遇到的怪事。这位陌生女士忽然笑了起来，她向我俯身，压低嗓音告诉我，我在楼梯底层看到、听到的那个大喊大叫的疯子，正是 M 教授本人。她的话一下子将我的梦魇暴露在现实、明朗的光线之中。M 教授患有糖尿病，性情有些歇斯底里，而且几乎全盲。下午，他觉得来接他去大学演讲的人该到了，于是磕磕绊绊地摸下楼，到了前厅，但是那里并没有人等他（当然不会有人，因为这比他们说好的时间早了半个小时），加上大门锁着，钥匙又不管用（因为他插错了锁孔）。他在过去岁月里——当他在这个城市总被人监视的时候，当他被禁止上讲台、并被放逐之前——养成的条件反射突然复苏了：他突然感觉到，自己不应该回到这里，恐惧将他捕获，他认为自己被诱入了陷阱。他认为自己在今后的命运遭人裁决之前，被囚禁在了这栋房子里，他突然陷入了恐慌，开始大声叫喊，在前来接他的人未到之前，他无法镇静下来。更令人不可思议的是，即使在这样的焦虑之后，他仍能进行如此成功的讲演。我也放了心，想来，下午发生的事情虽然潜在地、令人惊惧地震慑了我，但终归得到了合理的解答；另外，尽管我怀有一种应有的尊敬，但是，我们还是对可怜的M教授心灵的创痕抱以怜悯的微笑。早晨，我起得很早，出租车将我送到机场。出租车是他们昨晚为我订好的，到达的时间分秒不差。这是一个美丽的清晨，天空晴朗，阳光灿烂，但是昨天的风非但没有减弱，似乎还有所增强。在抑郁的风景里，我们竭力朝城外驰去，将所谓的“德意志民主共和国”远远地甩到了身后的废墟之中。出了城郊，我们彻底离开了城市，迎接我们的是摇摇欲坠的畜棚、变黑了的谷仓和只有部分耕耘过的农田。经过几句短短的寒暄，长着稻草颜色的头发、留着胡须、体格健壮的出租汽车司机一听我说“匈牙利”，就马上知道了我是从哪里来，是哪族人，他立即关上了计价器。“税很高。”他说，他完全相信我的理解力，当然，我自然并不缺少这种理解力与信任。忽然我捕捉到一个闪念，打个比方，假如我是一位英国乘客的话，这位出租汽车司机肯定会毫无怨言地交纳因我而产生的增值税；我究竟可能是个什么人，人家仅仅通过我来自的国家，通过我的出生就可以立即将我视为那些违法者的天然帮凶，而无需再征求我的意见，无需询问与我的观点、性情、生活态度，以及我独具的、与众不同的本质有关的任何问题。我胸中也涌动出“抗议”的冲动，但是，我放弃了这个念头，因为我意识到，即使抗议，也只能以德意志国家的名义进行抗议，而这个——用比较含蓄的话说——实在显得滑稽可笑。正像我所提到的那样，在灿烂的阳光下，在呼啸的狂风中，我到达了莱比锡机场，顶着大雾弥漫的暴风雪回到了慕尼黑。尽管天气恼人，但我还是搭快铁在马里恩广场下车。尽管邀我出访的神秘主人从未露面，我也从未弄清他到底是谁，但他还是在莱比锡招待我享用了一顿丰盛的早餐（而且我在飞机上已经吃了些东西）；然而在这里，在慕尼黑，我立即坐进了一家餐馆，享受自己付账的感觉。我在一家商店里买了些零碎，漫无目标地徜徉于货架之间，让自己尽情享受慕尼黑富裕的资本主义制度和城市的美丽。我就像一个经过很长很长的旅途、终于回到家的人，透视到了——至少可以从表面透视到——与之相关的制度。我该在这几页上写几句这样的话：慕尼黑不美吗？慕尼黑非常美……

向菲尔达芬致意。湖水。群山。湖畔的林荫道。朋友们。莫妮卡带着我绕着斯坦贝尔格湖散步，并邀我到他们的别墅用午茶。苏珊为我在图书馆组织读书会。芭芭拉为瓦尔德贝尔塔别墅的艺术家嘉宾们摄影。奥尔碧娜穿着黄色的外套坐在高高的、朝向湖水的阳台上，借着落日余晖阅读《船夫日记》。

初冬的寒冷。我们不久就要回家了。

冬季布达佩斯的感受，好像我的意识在缓慢地患病。

你一旦知道了自己也不能幸免于死，那你还惧怕什么呢？！

上午，一个年轻人在西拉吉·伊丽莎白林荫道上。“好心的先生，请稍停一下！”他头上戴了顶裘皮帽子，面色苍白，留着浅棕色胡须，尽管蓝色的眼睛有些潮润，但看上去还算顺眼。我怀着不祥预感停住脚。我很清楚接下来将发生什么，但是我要从头到尾地演完这场仪式。他问我能不能给他提供一份工作？我说：不能。他问我能不能帮他换一点罗马尼亚钱？我说：开玩笑，我换罗马尼亚钱做什么。他说他是从圣格奥尔基（Sepsiszentgyörgy）来布达佩斯的。这话并不新鲜，一天里，至少会有十个人跟我这么说，不管是男人女人，都是从圣格奥尔基来的。“只是为了……能弄点吃的。”他说。这句陈旧的、世界大战时期的口头禅不知怎么触动了我的心。集中营的回忆从我的脏腑深处翻倒出来；我真不愿试想，在我们周围的这个充满歹意的、杀人狂的世界里，这个被家乡虚假的宣传骗到这里的，容貌善良、朝气蓬勃、充满能力的年轻人的命运将会如何？我递给他一百福林。他的脸上有了笑意，“上帝保佑您！”他说。他的话也使我高兴起来，我听着他的话，仿佛是在听古希腊的某个半人牧神所说的预言。在有轨电车上，我不巧遇见了 Sz.，可以这么说，我眼睁睁地看着他的健康衰败，变成了一个年迈的老翁。他认出了我。他说，他已经很久没有见到我了。我未加掩饰地提到我去了慕尼黑。他开始列数自己 60 年代在慕尼黑时的回忆。他说他曾在伊萨尔河上游背石子，从市政府那里领到了六十马克的工酬，他用那钱买了一个仪器，但由于他实在舍不得用，以致直到今天也没有用过一回，等等。他絮絮叨叨，没完没了。他每吐一词，圆睁着的眼睛都变得潮润一些，那张嚅动的嘴角露出一种古怪陌生的表情，好像已经活过了数千年似的，此刻他正在回忆发生在第二个一千年里的事情，那时候这个星球还是绿的，并且充满了勃勃生机。

所有的慰藉，是对谎言的强烈共鸣。

新的一年：1993 年。冬日的阳光，清晨，翻过玫瑰山丘[1]。俯瞰这座城市，寒冷的天光，寒冷的晴空，新年时寂静无声的街巷。我凝望着这幅静止、呆板的图画，感到就连那些残留的、破烂不堪的画布，都像面纱似的在眼前消散。（无所谓我们怎样表述，我们可以称之为“习惯”，甚至也可以称之为“文化”）。至今为止，我始终是穿过它而眺望世界，突然我看到了远方，直接地看到了远方的虚无。

看来，出于某种原因，我并未在意这一瞬间的消逝——为了不使这种空虚变得具象，为了不让自己产生任

1　玫瑰山丘，坐落在多瑙河右岸、布达一侧的一座山丘。

何的体会，为了避免形成任何具体的东西。

如果说造物是爱的结晶，那么，莫非毁灭和死亡便是仇恨的作品？难道爱赋予我们存在，仇恨又使我们毁灭？我们有没有可能这么说：死亡也是爱的杰作呢？

还有几个很难阐明的问题。贝克特在《莫洛伊》中说："上帝在造物之前到底都做了些什么？"（戏仿圣奥古斯丁原句）瓦莱里[1]说："我能提出问题吗？"随后问："上帝除了造物之外，又做些什么？"

斯威登堡[2]说："地狱是一个沼泽般的村野，在那里可以看到仿佛被火灾烧毁了的城市；而灾难的酿造者们在那里感觉良好。他们以自己的方式快乐着，那些城市充满了憎恨，那个帝国没有统治者，那里的臣民总是在酝酿针对彼此的阴谋。这是一种卑鄙的政治，一个狼狈为奸的世界。这就是地狱。"

这段话十分精彩。我觉得：所有迹象表明，我是在家里。但是，为什么我在他们中间不能像斯威登堡认为的"所应该的那样"感觉良好？有没有可能，是我来错

1　保尔·瓦莱里（Paul Valéry，1871—1945），法国诗人、散文家。

2　伊曼纽·斯威登堡（Emanuel Swedenborg，1688—1772），瑞典科学家、神秘主义者、哲学家和神学家。

了地方？有没有可能，是由于某份被搞错的名单而造成？有没有可能，是因为一位粗枝大叶、不负责任的官员写错了判决书？

如果真是这样的话，这里有什么可怕的、令人无法形容的东西在作怪。如果真是这样的话，还是应该提出所有的问题。（哪怕这种提问徒然无果。）

我担心自己再也不能郑重其事地讲话了。在心理上，我相信某种——在我所理解的意义上——不得不予以否定的东西。

大凡注意到（或者说是认识到）这些问题的人，却都要忽视对这些问题的解决；这个问题并非隐含在众多问题之内，而是处于众多问题之外的某个地方。比如，唯有基督能够对罗马帝国的衰亡问题作出表述，因为他漠视这些问题的实际解决；结果表明他是正确的，其恐怖的命运证明了它对彻底革新的绝望以及对统治者的需求。

作家K对自己的所有本性进行了评述。“唯有我的罪过是属于我的。”随后，他将这句话写在一张摊在他面前的、随手记满了许多电话号码的纸条下角。

我重又坐在火车上。汉堡—柏林—科隆—法兰克福—慕尼黑。这些训诫："我丧失了自己内在的深沉"，"我丧失了我自己"。

我自己？我自己是谁？（如果此刻我的牙和肚子不疼的话……）

我该不该从自我的中心里跨出来，该不该走出英雄爱默生的空间？我该小心什么呢？

我不知道我该小心什么，也不知道为什么要加以小心。我不知道为什么反自然会是自然的（应该知道的是，我是在一位叫做"凯尔泰斯·伊姆莱"的作家名下生活）。

我不明白为什么被压迫的道德要比自由的天性更自然。

由独裁者养大的人所患有的广场恐惧症。

有几个终归还是想要提出来的问题。我是不是太轻率，甚至太轻浮了？我到底还想不想写作？

科隆。在呼啸的寒风中，由于黑色礼帽的宽大帽檐的遮挡，我不能抬眼看到那座大教堂——感觉滑稽。如果我摘下礼帽的话，那刺骨的冷风和针扎似的寒雨就会在我的头上蛀蚀。大教堂看上去，仿佛一部不朽的童话。里面有身穿红色长袍的主教。他要大家坐下来，别再来回来去地走动，因为正午的祷告就要开始了。我惊惶地说，我还是走吧。“不，不要走，”主教鼓励我留下，“整个仪式只有五分钟。”我坐了下来。仪式是在录音机磁带的协助下完成的。确实仅持续了五分钟，虔诚的祈祷结束了。主教朝我微笑了一下。大教堂内空旷寒冷，不过，大教堂本该就是这个样子。在装饰得过分花哨的教堂里，有某种缺少品位的迷惑，那种迷惑简直令人难以原谅。那种迷惑，仿佛就像一个用缎带装饰的、刽子手的砍头斧。

汉堡。一位记者和他的女友在船坞间散步。左翼分子读我的书。也可以反过来这么说：读我书的人，都是左翼分子。从审美角度来讲，这种现象使人疑虑倍生；但是，究竟什么是审美呢？所有的一切都显露出，人并没有真正的自由，人的思想与感情限定了他们，但是限定的方式既不像马克思，也不像弗洛伊德断想的那样。既非这样的自动而动，也非那样的自动而动。难道仅根据读我书的人，就能对这些书作出判断吗？难道仅根据饮水的人，就能判断出水流的源泉吗？无论怎么说，某种吸引与排斥相混淆的法则显然还是存在的……“当人们在某人的影子中变得渺小的时候，你们是否也了解这种感觉？”（贡布罗维奇[1]，《费尔迪杜尔凯》，第一章）

在巴塞尔，有一位工作勤勉但有点怪癖——不过这两种特点看上去并无冲突——的女书商和一位能力超群的助手，那是一个身材颀长名为托马斯的黑人男孩。在我脑中闪现的词汇是：狄更斯，《老古玩店》……女书商要找什么，托马斯准能找到。女书商说些什么，托马斯予以纠正。一切都进行得令人难以想象的谨慎而周密。女书商试图维护自己的形象，但最终只能迟疑不决地微笑；我的感觉是，如果没有了托马斯，她肯定会迷失。但我知道，托马斯不久就要离开……他要上学，不想继续留在这家老店里，不想守着一个寂寞的老妇人跟这些书籍一起慢慢被尘土覆盖。这个瘦小、憔悴的妇人的命运将会怎样（尽管可能她是个寡妇，甚至可以肯定的说，她不是一个社交能力很强的人）？妇人虽然摇头叹息，但却做出一副并不完全了解情况的样子，好像她并未真

1 维托尔德·贡布罗维奇（Witold Gombrowicz，1904—1969），波兰小说家、剧作家，当代最重要的波兰作家之一。主要作品为《费尔迪杜尔凯》（*Ferdydurke*）。

正意识到这种威胁对自己所意味的危险程度。也许，她是出于谨慎才这样做，是为了减轻托马斯离去时的沉重感？这是在这座平静的古老城市里的一种特别的古老关系；在某种程度上，我也被一种担忧侵扰了。坦白地说，这个我并不否认：女书商为我预定的旅馆客房可能并不错，虽然让人感到空旷和极端的沮丧。我们转到了另一家旅馆，这里的房间虽然也同样让人感到空旷和沮丧，但是，这里的房间符合我只求便宜的宗旨。我同意住在这里，反正在这里我只待上一夜。我们在一家布置得像破旧的老酒馆似的高档酒馆里用了晚餐，这是一个喧闹、欢乐的地方。次日上午，我还在城里稍稍转了转，然后在托马斯的陪送下去赶火车。不管我怎样谢绝，托马斯还是殷勤地在桥上帮我提了皮箱；我没敢建议乘出租车。

在法兰克福有一位口舌犀利的犹太女人，她头顶一个黑色的男式礼帽，戴着一副厚厚的眼镜，不仅和蔼可亲、富有魅力和同情心，而且还很漂亮；她在讲话中说，他（她），他们（她们），以及她这一代人（她大约在三十岁上下）“必须直面”，或者说“必须清算”奥斯维辛（她的德语原话是“auseinandersetzen müßten”）。“我们，在以色列，”她说，“至少学会了一件事情——必须自卫。”这些话完全是虚假的，没有人能够理解。我已经不想说服任何人了。在我有能力的时候，我只想写作，因为我喜欢写作，喜欢语言，喜欢在脑海里突然闪出一个比喻之类的东西。每个人都询问奥斯维辛：虽然，我必须给他们讲述我的文字的低劣快感——但是与这相比，奥斯维辛是一个陌生的、无法接近的超常的存在。

作家K[1]说过下面的话：

“无论我们从哪个方向——即使是从上帝那里出发，奥斯维辛都永远无法接近；奥斯维辛是郑重的警告之一，它以令人惊恐的灾难形式现身，提醒人类要警醒——假如人类愿意警醒的话。”人们却取而代之地从一种学术的角度提出这个问题，比如，将它说成是一种普通的杀戮，好似一张发自地狱的请柬。假如奥斯维辛的警告是徒劳的，那么上帝就是一个失败者；假如上帝失败了，那么我们将永远不会理解奥斯维辛。因此，我在一个偌大的破旧舞台上——我们称之为地球，在变得灰蒙的光线里，只能看到几堆瓦砾、几段带刺的铁丝网、一个被折成两

1 作家K，即“作家凯尔泰斯”，作者以一个独立于自己之外的“另一个人”的身份审视自己。

段的十字架和几个有其他象征意义的残骸：在这片灰蒙的天幕下，跪在尘埃之中的我，用那副被碾在灰烬里的面孔，在一个宽恕性的恐怖氛围中接受了奥斯维辛……

“你没有权利这样做，”我立即反驳道，“顶多（连这个也还是个疑问）你只能毁灭其中。”

“说来，”作家 K 回应道，“我一直在这样做。我生活的历史是由我的屡次死亡组成的，假如我想谈谈自己生活的话，就必须讲述我的这些次死亡。”

“即使这样，我还是觉得这里散发着什么腐臭的味道，”我继续反驳说，“如果你真用这种目的论的眼光审视奥斯维辛的话，那么你显然相信你自己的生命是有意义的。也许你会干脆这样认为，上帝之所以使你幸存，是因为他选中了你来发现隐藏在奥斯维辛背后的警示。”

对这句话，作家 K 没有回答。

从那之后，他一直沉默不语。

一封来自萨尔斯堡的信：“Über Ostern habe ich Ihr Buch gelesen, das mehr ein karfreitägliches Gefühl vermittelt.”（复活节期间我读了一本书，它唤起了我对受难节的感受。）（这句话说的是关于小说《为了未诞生孩子的祈祷》）在匈牙利的国教——天主教的氛围中，能够阅读到蕴涵着真正天主教精神的文字，则是一种巨大的慰藉。

究竟是什么将我与匈牙利天主教中产阶级分割开来（当然，所谓“天主教中产阶级”指的仅仅是一个中等的知识分子阶层，并不是什么明确的中产阶级）？对于他们来说，这种区别非常重要：泰莱基 · 帕尔伯爵[1]谈不谈犹太人，或者萨洛希 · 费伦茨[2]谈不谈犹太人，然而，这个问题在我来看几乎都差不多；对我来说，奥斯维辛都将是最终的答案。

这年夏季，1993年酷热的夏天……为什么我会如此清晰地回忆起那个1944年的夏日？因为在我的周围蒸腾着憎恨与无法遏止的躁狂。“民族”的概念仿佛是一个强加于整个国家头上的不幸意识。

这种不幸的意识，重又造就了许多完全重复的角色。

我没有丝毫的情绪扮演自己的角色，没有丝毫的情

1 泰莱基 · 帕尔伯爵（Teleki Pál，1879—1941），匈牙利政治家，30年代曾出任宗教与公共教育部部长，科学院院士。

2 萨洛希 · 费伦茨（Szálasi Ferenc，1897—1946），二战时期匈牙利纳粹组织“箭十字党”的领导人。1944年在德国扶植下任国家元首兼总理。在他统治期间多达万余名犹太人被杀害。二战后以战争罪名被处决。

绪卷入所谓的“反对歧视犹太人”的抗议运动之中（在这段时期的初始，出于高傲、出于愚蠢、出于信任、出于希望，我曾被那样卷入过一次）。我的犹太血统本身，要比直视所谓冠名为“反对歧视犹太人”的癫狂反光更有价值（或者说，具有更加重大的意义）。

另外，在这种癫狂的吸引下，我们很难保持自己身心的健全。

你们总不会期望我来阐明自己民族、宗派、人种的所属吧？你们总不会期望我只拥有唯一的身份吧？

总之，我向他们透露说：我只有一个唯一的身份，那就是书面上的身份。（Eine sich selbst schreibende Identität. 身份就写在书面上。）

否则我是谁呢？这个有谁会知道？

在林茨[1]做了短短的散步。施塔尔亨贝格宫坐落在通往庄园的坡道上，它建成于 17 世纪，并作为学校被交给市政府使用。墙上挂着一块黄色字牌：安东 · 布鲁克纳与里尔克曾在这里上学。朝多瑙河方向眺望，河水在耀

1 Linz，奥地利的北方城市，距德国和捷克边境不远。

眼的阳光中从拐角处出现，继续向东流淌，我终于理解了奥地利东方的大都市——维也纳。弗洛伊德曾在那里居住过，当他将视线投进弥漫在意识深层的混沌之中时，就如同我此时此刻从林茨远眺，虽然因陌生而心悸，但仍旧将一副审视的眼神投向视野深处，朝着充满威胁的东面……

之后，我被一种突然袭来的、轻飘的迷幻所捕摄。与一些自然现象相仿，人的心情有时也会得到彻底的洗涤，犹如高爽的清风将稠密的浓云吹开、将沉闷的空气和令人窒息的潮雾驱散一般：这种内心的晴朗和阳光，正跟这些自然现象一样地令人难以解释——或者说，正跟这些自然现象一样地只能用一些难以令人满意的、武断的机械性道理进行解释。

我很喜欢我在柏林的大床，睡在上面觉得坚硬而舒适。

这一年，我在家（布达佩斯）总共只待了三个月。

我活得就像一个逃难者。.

唯独从这个角度说，我是在像样地活着：我是一个逃难者。

在行驶于慕尼黑与柏林之间的火车上，我在为一部戏剧创作所进行的构思之中，突然找到了令人亢奋的灵感源泉：我将借助这个“以自杀为结局的主人公”角色，祭奠这个由我自己创作出来的实体——这是一个生灵，一个通过他三十年来秘密、多产、事实上不容怀疑的勤奋工作，从一只茧蛹变成了一条蚕，创造出另一个人——他就是现在的我。可这个人，是一个真正的作家——死人。我曾经爱过，而且现在仍旧爱着那个从前的、饱经苦难、几经雕琢过的自我，在那个自我的体内，我曾生存过很久；而在我的戏剧中，我将他——将这个高贵的死人埋葬了。我重复着易卜生的话——写作，就犹如对我们自己做出判决。在戏剧里，我对自己宣判了死刑（在我的作品中，我总是死亡），如果我能从死亡的判决下存活下来的话，我就会继续逃生，重新奔向死亡（这种可能是在多次死亡判决下的偶然存活，来得既十分突然，又毫无准备，我恍然悟道：这是一种何等的奇迹！）

我回到柏林的住所，我就像一个女学生似的，洗了衣服，然后熨好。

今天：我沿着施普雷河（Spree）散步，漫长的午后，蜿蜒的河水，枝叶浸入水中的垂柳，柳林间夹杂着一株株白杨，坦荡，静谧，平和。在夏洛腾堡的庄园附近，或者说是，在特格勒路的一条小巷里，我在一家光线晦暗的纸店里买了一块橡皮。一位留着胡子带着鼓励性微笑的年轻人接待了我，他神色疑虑地在橡皮中间挑选着，然后向我要了四十芬尼[1]。正在隐入夜幕的、倦怠的晚秋黄昏；在陌生的城市里，我们在河畔边落寞地徘徊，望着一户户温馨的家宅和烛光闪烁的咖啡馆，心里感到一种充满欲望、几乎是在惨败中啜泣的、难以抑制的痛楚，这是一种难以名状的、古老的痛楚，我被自己的肌肤、汗毛、个性和品质紧紧缠裹着，这是囚在“我的牢房”中的、渐憔悴的个体的痛楚，这是渴望逃出囚牢的痛楚。这种时候，就像一头公牛发出低沉、有力的哞叫，放纵自己陷入母牛的诱惑——然而，现在说的并不是这回事……

在午前的阳光下，我茫然伫立在波茨坦广场上，午前慵倦的阳光。在城市的最中央，是一片用尘土与碎石夯成的荒地，四周被古老围墙的废墟环绕着。仿佛是在一场毁灭一切的空袭之后：在微弱的天光下，弥散着淡淡灰烬的气味，一条条通向虚无的小路，这是 1945 年春

1　芬尼是欧元问世前的德国货币，一马克等于一百芬尼。

天的气息与氛围的体验，这是在生活中幸存的无法言喻的忧郁……许多次，我就这样伫立在布痕瓦尔德集中营的大门前，好像是在品尝带着尸体的腐臭、集中营菜汤味道和春天气息的自由……随后，我散步到奥拉宁堡大街的犹太教会堂。我徒然寻找着那家小小的甜点店，在十三年前——也就是 1980 年——的东德时期，它曾是这座城市的一部分。有一天上午，我很想吃一块煤铲大小的绿色蛋糕，透过甜点店的窗户，我的视线落到了对面的一片红砖颜色的废墟上，再难以移开，并慢慢地展开了想象。历史照片上火焰熊熊的犹太教堂——水晶般晴朗的夜空，在奥拉宁堡大街上，摩尔风格的建筑……我付了账，匆匆穿到街对面。这就是展现在我眼前的图景。在废墟里，在当年残墙断壁的缝隙之间，散落的绿色瓦片偶然可见。到处都找不到一块可以引人回忆的字碑文匾，虽然在废墟深处有一块写了字母的、极不惹眼的牌子，但是上面记录的也仅仅是这片地产的所有权情况。成堆的废墟带着被人遗忘的羞辱，哑然无声地沉陷于陌生之中。近来，人们在废墟之上盖起了金黄闪亮的穹隆圆顶，酷似一顶用荆棘编织的受难头冠。然而，周围摇摇欲坠的房子和破烂的街道，又成为了对战争的见证；

从幽深的门洞里散发出一股霉腐的气味，一幅幅破败不堪的画面，发霉，腐烂。仿佛是一个深邃隐秘的地窖被突然掘开，那些在过去几十年中已经被人遗忘了的毁灭与摧毁骤然暴露于天光之下。几年之后这所有的一切都将消失，这些人，这些房子，这些街巷，所有的一切都将改变。这些记忆都将被封存，这些疮疤都将被掩藏，现代人最卓绝的适应性就是，他们事后可以忘掉所有的一切，可以从自己的生活中滤掉那些模糊的记忆，仿佛就像滤掉咖啡的残渣。我感到某种满足，也许，这是我最后一次看到这一切（并不仅仅看到，而且还理解了），这种感觉就像一位自然学家突然看到了一件刚刚绝迹了生物种类的活标本，正悠然无虑地过着自己不合时宜的生活。

魏玛。山地上的奥特斯贝格（Ettersberg）。一个霜冻、昏暗的 11 月的午后。作为一个局外之人，我按照周围的环境和周围接待人员的愿望，时而止步，时而继续前行。我们之所以有必要在这种时候来参观这些——我们生命中具有决定性意义的事件曾在这里发生过的——现场，是为了知道，它们与我们自己毫无关联。这是一种重要的认知：我们试图以各种变形及升华的方式来隐藏事实，因为我们个性人格的转变，只会使我们看到一种赤裸的疯癫。山下，在城里召开的所谓“大会”上，从传统的意义上讲，H 教授保持了独立的个性；但是就他的反常表现来看，简直是厚颜无耻。他的讲演形式颇具诱惑力。通过对历史的陈述，他无可指摘地阐明：并没有人下令屠杀犹太人，并没有人下令对犹太人进行有计划的“种族灭绝”，并不存在任何的所谓“领袖的命令”，那些被称之为“领袖的命令”的东西，只不过是根据那些含糊其辞的、仅限于口头形式的公开讲话所做出的臆想。所有的一切，都是人们自觉、自愿、自行做出的。实际上，人们很难找到任何证据说明对犹太人的大屠杀“违反了命令”——只有几个“违令”的例子。

在基尔[1]，晴空灿烂，我从坐落在林边的宾馆里，眺望着正逐渐变成蔚蓝色的、南部的北海；在港湾的出口，几艘至少有八到十层楼高的轮船正在蓝白相间的海面上缓缓驶出。疲倦。在开向汉堡的列车上，我突然被几道盯视的目光惊醒了。在过道另一侧与我相对的

1 Kiel，德国北部的港口城市。是德国主要海军基地、造船业中心、基尔运河的东段终点、历史悠久的基尔大学所在地。

座位上，有两位年轻妇女正望着我出神。在她们的目光里，带着某种诧异、或许有点受惊的神情。“Hab ich geschnarcht?”（我打呼噜了吗？）我也感到惊诧，并向她们询问。“Nee, nee”（没有，没有）她们否认道，并且马上开始了活跃的交谈。我苦思到底自己做了些什么，竟会使两个姑娘受到了如此的惊吓？透过她们拒我于千里之外的目光，我突然一眼窥见了自己：一个逐日衰老的外国人正一动不动地坐在她们对面的座位上，头朝后仰着，嘴半张着，也不知道是睡着了，还是已经死了。我可能使她们感到了不适。

汉堡的一座座白色别墅。机场。随后到了慕尼黑。我沉思道：在四十年的牢狱生活之后，现在我突然熟悉了这么多的机场、火车站，完全像在自己家乡似的在各种各样的地铁、快车上行动自如。这莫非意味着什么？如果我对此否认的话，便是在撒谎。在我奔逸不羁的、关于自己成长的小说里，我显得稍微有些多疑，不过也正因如此，我是一个多情善感的角色。

抵达施塔恩贝格湖畔，在图青[1]，福音教派传道学院。

---

1 Tutzing，德国南部城市，与慕尼黑临近。

又是一次号称“德意志—匈牙利知识分子对话”的所谓的“会议”。为了参加这次会议，我特意准备了一篇题为《多余的知识分子》的学术论文。一位情绪激动的女士接待了我，并带给我一些特别的消息。匈牙利有关主管方面已经提请他们注意，认为会议邀请的匈牙利代表名单过分片面。结果发现，他们反对我应邀的理由是，我总是只写一个题材（关于奥斯维辛的），因此我不能代表这个国家（匈牙利）。这位情绪激动的女士的话扰乱了我心绪：我感到一股朝我迎面涌来的疯癫，正在向我身上施加一种无可逃避的、绝望的力量。这种疯癫的激情先是在我体内唤起一种自怜的愤懑；随后，这种激情开始收集论据，并跨进了一个逻辑的魔圈，尽管我之所以被迫跨进这个魔圈，是因为里面的人将我朝外驱赶。这种逻辑向我提供了诸多“辉煌的真理”，而每种真理就像一个个在我脚下张开的陷阱。越是用更多的论据来证明我的正确，我却离“真理”越发遥远，因为我会被卷入一场文字的游戏，而这场游戏的所有构成都是虚假的，游戏是在一种伪造一切的思想体系中进行。如果这种思想体系缔造真实的话，那么“我的真实”可能会是唯一的、作为工具使用的真实。我看上去，好像是一个危险的敌手—— 一个貌似浑身铠甲的骑士，实际上，我却效劳于虐待狂的需要，就像一个猖狂的凶手对待他的受害者一样，将之捕捉，并横加凌辱。

当这种疯狂的放纵如此诱人之时，我怎么才能独善其身呢？难道自己能免于伤害？难道那些非法的行径未能殃及于我？难道在我身上就没有发生过信仰坍塌？难道我们没有对反犹太主义横眉冷对？当一个后共产主义国家的文化代表团在国外公开贬损他们并不喜欢的本国国民时，难道我们不能辨识出这都是老戏重演？另外，这些被披上法学家逻辑外衣的疯癫证据，正从他们自己身上脱落。

难道不是直面事实会更有意义？难道没有必要一劳永逸地对我在各个时期的——已在我身上打下“受害者”这一令人作呕的印戳了的——消极的癫狂做一次彻底的清算？显然：一个小小的民族，在很早很早以前就已被称之为“世界历史”的宏伟进程中脱离，而且始终未能在时间和空间里找到一个适合自己的真正角色（也许这种角色根本就不存在）：这个民族——作为一个民族——只能像个疯子似的癫狂行事。

假如人们不愿将这些已被摧毁了的个体生命，以及已经铸成大错了的历史视为被他们自己亲手摧毁了的生命和由于他们自己的错误而搅乱了的历史，而是将其视为由某种邪恶的陌生力量酿造的不幸，或者将其视为民族的诅咒、命运，甚至厄运的话：那么，就可以这么说，我们需要反犹太主义。

这个痛苦于急性综合征中的、沉溺于受虐性变态心理的东欧小民族心灵不能够离开沉重的压迫而存在，也不能没有少数民族的替罪羊而存在，它将历史的不幸归罪于某人，并且心安理得地让他承受那些在日常挫败中逐渐积聚的憎恨及其所残留的痛苦。假如没有了对犹太人的憎恨，那些总是热衷于验证自己拥有显著特性的匈牙利身份的人又能验证出什么呢？匈牙利人的特性究竟是什么呢？坦率地说，大多数回答都是些反向推断，其中最简单明了的定义（如果不拐弯抹角地话）听起来是这样的：匈牙利人，是非犹太人。是啊，可是犹太人又是什么呢？你看，这个答案很明确：犹太人，就是非匈牙利人。谈论犹太人可以用复数人称，“犹太人”就像通常所说的“犹太人们”，他们的本质特征可以被概括归纳起来，就像一种不很复杂的动物（这里我所指的自然是一种有害的动物，只是它们的皮毛光滑，使人误认为人类）等等；而且，“犹太人”一词在匈牙利语中（zsidó）变成了一句骂人的话，尽管那些在说谎、中伤、狼狈为奸的荣耀中鬓发斑白了的、投机嬗变的匈牙利政治演说家对这个词表示“陌生”——然而所有的人都知道，他们只要一有机会，就该夺取谁的法律权利，就该歧视谁、抢劫谁、打死谁。

那么，我——我在这里又能做什么呢？

很久以来，我就已经无能为力了。我错过了行动的时机，只能像看守和证人似的留在这里。也有可能，由于这种漠然，由于这种语言和这样不可思议的环境，我能够成为作家厄运的见证人。是啊，我不但要为此而忧愁，而且还要更加努力地寻找长寿不死的灵丹妙药。

在措辞的洁净中，总是隐藏着些许的慰藉。就拿卡尔·克劳斯[1]来说，情况令人绝望，但（仍然）不是彻底无望。一个礼貌的鞠躬，总能使我从执行死刑的传唤下逃脱——无论从实际意义上讲，还是从精神意义上说，这就是我的使命。

1 卡尔·克劳斯（Karl Kraus，1874—1936），20世纪早期奥地利著名作家、记者、剧作家、诗人。为同时代作家如本雅明、布莱希特所推崇。

下午四点半，在慕尼黑中央火车站有一个约会。我乘火车从柏林出发，M开车从佩斯出发。我从什么时候起敢预约这样的会面了？我从哪里获取到这般毫无原由的、大如宇宙的信任？经过七小时的列车旅行，我在慕尼黑下了车，没有看到一个人。换句话说，我看到了一张张走马灯似的面孔，但是我的眼睛却在人群里徒劳地搜索我期待的那张，慢慢地，一种深沉的、熟悉的、像棉花一样的不真实感将我捕摄。但是这时，就在那些彩色的斑点和纷纷散开的木偶之间，那突然显现并迎面朝我飘来的，究竟是一抹何种的微笑？我听她说，她在公路上开了八个小时，由于过海关人多遇阻，因而迟到了十分钟。车站大厅被喧嚣、躁动和旋涡般席卷的人流塞得满满的，在这个不可思议的舞台上，人们各自的路途一下子汇聚到一起，好像是在远古时代祭拜神灵的洞穴里，聚满了形而上学的哲人们，这种聚合是如此强实有力，仿佛是被命运之光托举着，使我立即感觉到完全的真实。随后，我们拨开人群朝出口走去，朝停车场走去：我们继续赶路，去佛罗伦萨……

布达佩斯。梦。黎明时分，我梦见了母亲，一个习以为常了的、充满郁闷、内容含混的梦。一条已经疯了两天了的黄毛狗，我看到了它的利齿，几乎真实感到了这一口凶狠的撕咬，与此同时，在一个由环行走廊围成的庭院里燃起了熊熊烈火，火势迅猛，黑烟滚滚，犹如石油或是汽油在燃烧。

在家里感到无家可归，与我们在异乡，在我们没有家的地方找到了家的那种感受截然不同。

诸多细小、特别的错误酿成了巨大、共同的错误。而这种错误，就是我们的唯一事实。

有几个问题，我总是给予虚假的答复（虚假：这里当然指的是错误，因为这正是事物的自然属性，但是我没有充分注意到，每一个错误都是我的错误，因而这成了我的唯一事实）。这样看来：是不是真的只有在屠杀环境中隐藏着对我来说的能量源泉？我对此无从可知，因为这股能量源泉总是效力于对屠杀环境的描绘，并且置身于这个屠杀环境之中。假如，在这里能够准确无误地表现为独立乃至自由行为的话，那么我就可以知道，这股能量源泉并不是这些屠杀环境，而是发源于更深层的、对我来说更本质的需求；那么我就可以宣称，我天生就是一位艺术家。然而现在，我只能这样说，我自己与这个屠杀环境进行了如此激烈的冲撞，随后与之融合，这种融合——通过我，并在我体内——爆炸性地催生出一种全新的品质。

再说，我在《船夫日记》的结尾部分谈论了许多关于上帝的话题。然而，这个问题本身就是虚假的，因为据我所知，上帝是不可能被谈论的。上帝既不是一个人，也不是一个物，要小心，我们在这里遇到了语法问题。其实我所讲的是，在某种状况下，“人们要想到上帝”，或者说是“要思考上帝”——这只是种证据，一种人的档案，再没有其他意思，也不指其他的什么。

最后，所谓的反犹太主义。我之所以要加上“所谓的”，是因为现在它已经变成了别的东西（哪怕人们并不知道）。在这里，在反犹太主义与反犹太主义之间，我们必须要关注奥斯维辛这个事实。在反犹太主义的历史中，奥斯维辛是一个重要的转折点，打个比方说，相当于物理学中的量子理论。我只想说，一个没有听说过量子理论的物理学家并不是真的物理学家，对反犹太主义来说道理相同，一个对奥斯维辛视而不见的人，也不会是真正的（用我的话说）“真正意义上的、严肃的，至少在自身偏执狂中经验丰富、训练有素的反犹太分子”。现在的情况是，奥斯维辛使反犹太分子们陷入了持久的惶惑之中：没有一个反犹太分子——对奥斯维辛持肯定态度的人除外——会对奥斯维辛作出应答。（最近有一天，在对面的副食店里，有一个家伙一边摇晃着一瓶啤酒，一边冲我大声叫嚷："你们还是去当受害者吧，那样还能得到赔偿金！"然而，这种毫无掩饰的幼稚是那般滑稽，以至于让我忍不住哈哈哈地大笑起来，笑得那家伙友善地朝我眨了眨眼。）反犹太主义是经过深思熟虑的，而且在深思熟虑之后被付诸行动：奥斯维辛终结了反犹太主义的传统历史——但是当然，也有些人认为历史也到此结束了。或者说，一切都在继续，但多少已经疲惫不堪，尽管同时也更加公开。因此，这种无论在任何事上、无论对任何人都再难具有说服力的反犹太主义思想的残余杂音，今后最多也只能作为语音含混的煽动而存在，就像一个打着灭绝人类节拍的节奏器。

我还从来未曾分析过一个重要的事实，我小时候最喜欢的童话是《丑小鸭》。我读了许多遍，每读一遍都会用心地掉一次眼泪。无论是在街上，还是在临睡之前躺在床上，我都会经常想到它，仿佛是对所有人的、对所有一切的复仇之慰藉。也许，就跟我年轻时代所读的那些——被我视为命运的关键转折点和生命旅途（或说是“迷途”）的决定因素的——重要著作一样，这个童话对我来说，更多地启蒙了我隐秘的、生活的主导思想。

接着再谈谈弗洛伊德的这个观点，他认为：原非基督教信徒的日耳曼人对基督教所迸发出的强烈敌视，可能在德国人的反犹太主义思想中扮演了角色——想来，基督教教义是犹太“一神教”的孩子，顺便提一句，根据“终极解决”[1]的深层心理学理论，这个观念也可能起了某些作用：犹太人是圣经的民族。他们想抹杀文字。他们想没有法律地独自存在。

深层心理学的细微之处。永动不息的历史分析大转台，汉娜·阿伦特以气势磅礴、影响深远的洞察力，对反犹太主义在启蒙的——或者说犹太人解放的——欧洲的思想根源和旁宗别系进行了阐述。但是该怎样解释奥斯维辛、犹太特遣队[2]和集中营内的日常生活呢？在这里，所有的历史学和科学的解释都遇到了阻碍。在这里，就

1 德国纳粹在1941—1944年间将屠杀欧洲犹太人称为“终极解决”。

2 指在集中营内由犹太犯人组成的专门负责处理尸体的分遣队，他们在纳粹的严格监视下负责毒气室和焚尸炉的运转工作。

连反犹太主义都很难扮演真正的角色。在这里，只有人对人的折磨，被屠杀者堆积成山，腐尸的恶臭激起放纵的快感；在这里，只有半死的人在焚烧尸体，仓库管理员在为遗物分类；这个世界是从很深、更深的地方开始毁灭，无论借助思想还是借助科学，历史也对它鞭长莫及……

人们有没有注意到——在这个世纪里，一切都变得更真实，一切都变成了更真实的自己？士兵变成了职业杀手，政治家变成了罪犯，资本变成了用焚尸炉装备的、庞大的杀人工厂，法律变成了肮脏游戏的游戏规则，世界的自由变成了大众的监狱，反犹太主义变成了奥斯维辛，民族意识变成了集体屠杀。我们的时代是真理的时代，这一点毋庸置疑。人们完全出于习惯而说谎，而且每人都能一眼识破阴谋：如果宣称爱——每个人都会知道屠杀的时间到了，如果提到法律——它只属于强盗和抢劫者。

我们不要忘记，奥斯维辛根本不是由于奥斯维辛的过去而被废除的，而是因为军事格局的转变；奥斯维辛之后，什么都没有发生，我们并未因谴责了奥斯维辛而得以生存。然而，我们却经历了那些以意识形态为治国之本的帝国；从实用角度讲，这些意识形态不仅被证明为语言游戏，甚至还使这种语言游戏得以实际应用，这种意识形态本身变成了一种具有恐怖效应的统治工具。我们经历了一段这样的历史，无论是屠杀者，还是受害者，他们对这种意识形态指令的空洞无物和毫无意义都同样地心知肚明：正是这种认知，导致了以这种意识形态的名义所实施的恐怖行径的与众不同、独一无二的卑鄙；正是这种认知，造成了整个社会在这种意识形态统治下的根本堕落。屠杀者也用机枪扫射，但更多的还是仅仅使用拳头，“杀人的棍棒”每落下一次，就会同时响起杀人者丧失理智的嚎叫——这证实了最具快感的权力感，与对理性的奸污密不可分的屠杀之美唤起了性高潮的快感，实际上，那是向人类生存的所有未来展开的启示录画卷。

有朝一日，我们要对这种复仇感进行剖析，这个时代的知识分子们总是以反理智的形式吸取养料，为精神的憎恨撰写精神的历史……

我带着特别的苦涩和特别的满足（如果还不能说是带着喜悦的话）写下这几行字，在这期间，我深深感受到我的存在形式的羸弱、徒劳和不合时宜。到底是什么驱动我用圆珠笔在纸上涂抹？我的那些秘密的清晨，秘密的散步，孤独而亲密的自我折磨——其结果怎样？难道我是一位隐秘的传道者？难道我是一个藏在时代废墟下的编年史学家？难道我是在为那些上帝并未提出的问题寻找答案？难道我是在对上帝给予的答案提出疑问？有朝一日，我该致力于一些物质世界之外的创造，并对其不可能性以及艺术的完美无瑕进行挑战——然而，这个时刻到底会不会到来？这种努力究竟重不重要？“有谁能够通过我们的眼睛看到这一切？”小说《英国旗》结尾处所提出的这个问题是不是更为重要？因为，我们归根结底应该知道的，我们应该这样活着，仿佛能够被人看到似的——看到的方式不是别的，不是通过我们的眼睛，而且通过我们的生活。

严格地讲，这到底意味着什么？不管怎么说，这意味的不是解决。“我不情愿揣着一副被改变了的心灵徘徊在一个不变的世界里。”布贝尔[1]如是说（瓦伊·纳吉·埃尔温引语）。

---

1 马丁·布贝尔（Martin Buber，1878—1965），出生在奥地利的以色列犹太哲学家。

布达佩斯。1994年1月。我可以感受到内心的毁灭。愚蠢的读报狂热。令人憎恨的事实，毁灭一切的环境，在街里，在车上，在商店中：在所有的地方、从所有人那里所遭受到的、令人痛苦难忍的、日复一日的侵犯，天天都折射出憎恨的惊狂。这种愚蠢生活只处于一个唯一的层面，简而言之，只处于一个折射出转瞬即逝的反光的层面。我永存的灵魂（请允许我这么讲），我永存的灵魂慢慢地远离，我逐渐感悟到了他失望的告辞：我想在这副躯壳里落巢的努力也是徒劳的……

今年早上，有一个惹人注目、面色黝黑的六七岁小男孩背靠着楼墙，坐在玛格丽特环路与萨斯·卡罗伊大街街角冰冷的柏油地上，他烂衣遮体，浑身肮脏。男孩正默默想着心事般在自己的口袋里翻找着什么。不发一语优雅地接受人们的施舍，甚至对那些朝摆在他跟前的帽子里抛掷零钱的行人瞥也未瞥一眼。在这幅画面里，隐喻了某种最终的冷漠结局，甚至可以说是——终极宿命。

我转过身（因为我没有别的路可走）。我失却了对欢乐和生活不可能存在的美好的敏锐感受，失却了对自身的敏锐感受。我失却了身外之物，失却了隐藏着我的财富、我的创作之源泉的余生；而只在我的创作中，我的生命才值得展示（但是，展示自己的生命为什么很重要？——这是一个永远也找不到答案的问题）。我不合时宜地活着，在这个悲惨的——由一次性的生命和无法预测的迅速死亡构架成的——庞大空间里，我仿佛生活在两个变硬了的、与世无关的茧壳之间，这是唯一的、转瞬即逝的的夏天。

近来，我失却了那些为未来指路的重要的梦。我徒然睡去，但总是毫无所获地醒来。

当一个人被一种感觉遗弃时，会感到无尽的凄然。当你刚刚读完一部长篇巨著（你刚还沉溺于书中的世界里）的时候；当你刚刚结束了一段爱情关系的时候；当你刚刚从灵感的激烈角逐中抽身的时候——你恍然醒来，望了一眼世界，意识到此刻你只是这样望着，这样简简单单地望着，既不抱任何目的，不怀任何欲望，也没有任何的打算。原来是什么样子，现在还是什么样子；原来是什么，现在仍旧是什么。

当你经历了自己的不幸，你就会明白：世界上的凄凉，仿佛就是你自己的作品。

长久以来，我一直承继着父辈们漠不经心的生活态度，我生活在这儿，生活在这个国家里，就像事物自然地形成，有机地发展，结果终有一天要面对周遭的现实。再没有什么会比“等待我们始终蔑视的人亲手赐予我们死亡”更沉重的道德与精神打击了。在这种漠然疏忽的深层，到底隐藏了什么样的教训呢？自卑自弃，贸然盲从，还是随遇而安？是毫无信仰，还是依从宿命？

我也是这样的——揣着期待、内心冷漠、身负罪责的——活在这里。3 月已到，阳光明媚，离民族独立节[1]越来越近。在塞纳广场，我从有轨电车上朝外张望，看到一群群年轻人正聚集在广场上游行，在阿尔帕德[2]条形旗下，他们身穿迷彩服，脚蹬黑色长靴，腋下夹着形似枪支的家伙。他们要干什么？在玛尔吉特大桥下的通道里，有一个蓄着白色胡须的老者，穿着一件和类似宪兵

---

1 每年 3 月 15 日为匈牙利民族独立节，以纪念爆发于 1848 年的、反抗哈布斯堡王朝统治的匈牙利民族独立革命，诗人裴多菲因在这一天当众朗诵了著名诗篇《民族之歌》，而成为这个纪念日的历史象征。

2 阿尔帕德大公是匈牙利先民的部落首领。一千多年前，匈牙利先民从亚洲草原向欧洲迁徙，有七个部落终于在阿尔帕德大公率领下于公元 896 年抵达中欧的喀尔巴阡盆地，并在这里定居。他的后代圣伊什特万于公元 1000 年接受天主教洗礼，建立了匈牙利王国，并成为第一任匈牙利国王，当年罗马教皇赐于他的王冠，则成为了匈牙利国家的象征物。阿尔帕德王朝前后统治匈牙利长达三百多年。现在，一些鼓吹大匈牙利主义的人在公开活动时打出带有阿尔帕德王朝图腾的红白条旗帜，聚集了一批新纳粹主义分子。

服的黄色制服，戴着民族袖标[1]，胸前的正中挂着一个黑色双十字架，头上戴一顶插着针叶草和彩色翎毛的阔沿帽……这是一个老迈体衰的“温奈图”[2]。这些年轻人的面孔掩映在床单似的三角旗幡里，在大号的民族胸徽上方，闪烁着捕猎者充满憎恨的目光。一个念头在我的脑海匆匆闪现，对这个场景进行剖析到底有没有意义？我觉得，毫无意义！不过，我还是注意到了：这幅场景实在缺少变化。如果我们不去看那些可以视而不见的个体的话，那么眼前的这些年轻人，就跟我在40年代看到过的那些年轻人如出一辙，他们有着一模一样的面孔、一模一样的声音和一模一样的动作……然而，这却意味着某种永恒不变的现实。这种显而易见的、对适应性与应变性的完全匮乏——所有的一切都以同样的方式重演——这显示出已在具有生命力的盘根内筑了巢穴的严重问题；暴戾，傲慢，明显的堕落，这都是丧失生命能力的迹象；这帮家伙并不是真正的反犹太主义分子，他们不但猖狂不羁，思维狭隘，而且他们荒谬不堪地唯我独尊，这将

1　民族袖标和胸徽的颜色、图案与匈牙利国旗相同，是由红白绿三色的布条制成。

2　温奈图（Winnetou），德国小说家卡尔·梅作品中的主人公，是个美洲印地安部落的首领。这里指一个老态龙钟的民族主义分子。

使他们丧失任何的适应力与维新能力——刚才所述的这些性格特征，只不过是那些早已丧失了的东西的标记而已。在他们体内，根本缺乏一种对现实的较为细腻的认知本能，他们自闭一隅，与世隔绝，就像一种群体文化已无法跟上世界文化的潮流，于是，他们木然不解地望着这道横断在脚前的悬崖深涧，因为这个悬崖是专为他们而劈开，为的正是让他们坠落其中。

任何清晰的目光都是无济于事的。人类借助于人类的智慧所做出的评判，简直是滑稽可怜；到底存不存在另一种理智，可以对之进行评判？莫非这种理智是一种正在运转的能量？假如这种理智时刻不停地将人类拖入怀疑的幽谷，那么我们该不该从中归结出一个关于这种运转在人类体内的否定能量的结论？或者说，归结出一个关于“人类不可避免地将要陷入毁灭”的结论？我们能否将在这个世界中所进行的斗争理解为理性与物质惰性之间的斗争？我们能否这样理解：归根结底，这是感觉——为了生存——与同样服务于生存目的的本能所进行的斗争？ 这种斗争一旦失败，就不得不借助这种本能的力量对自身存在进行判决，并予以执行。

由此看来，这个世界（以及我从中看到的事物）可以毫无疑问地获取自身的意义。只要我们强迫自己用眼睛去看……

在一个午夜（今天？昨天？）的梦中，我坐在一个剧院（或是音乐厅）内，在那里，人们都从座位上站起热烈地鼓掌。我从背后看到他们（我清楚地记得一个身穿蓝灰色西服的年轻人剃着整齐短发的后脑勺），也许，我也站在观众的行列中间——也许，是站在舞台上？……

假如我要上演自己的剧目（不过现在看起来几乎不太可能），则要掏出早就搁置了许久的计划（一个由"我"透过"他"的眼睛、通过观察看到的时空；一部以一个真实故事为主线的自传，或许是一部透过他的视角记述的自传；一种与自我为敌的写作激情完全可能赢获道德的证明）。

昨天晚上，当我聆听《作品第127号·四重奏》[1]（第二乐章）的时候，我忽然意识到，这种感觉是在当代艺术中完全匮乏的。这究竟是一种什么样的感觉呢？假如要我为这种感觉命名的话，我愿称之为：感恩。

1　指贝多芬第12号弦乐四重奏。

我们不喜欢我们活着。我们为我们活着而感到不悦。

虽然生命可以说是一种巨大的特权，然而我们最终要以死亡作为代价。

我试图读些智者的书籍，并且总是因此变得更加激动。可以这么讲，智慧通常使生命变得耀眼，因为生活本身通常令人无法适应。何况，在智慧之中隐藏着所有的也是唯一的魔法。

在我生命第七个十年的中期，我突然不得不联想到：至今为止，我写作方式的根本毛病在于我的写作方式本身。

昨天，我和朋友们在一起。他们和蔼可亲、几乎平静无波的同情浪潮向我涌来；但是我未敢在波上荡漾。

午夜，在回家的路上。N·G一脸郑重地坐在方向盘前。他问：假如我将奥斯维辛视为一个有效隐喻的话，那么，我是否真像我那篇关于“多余的知识分子”的讲演的最后一句所认为的那样，认为在“自由的”与“禁锢的”社会之间具有可区分性？我回答说，我所写下的都是自己真实的想法；虽然，耻辱的意识已不再可能从我们的生活中清扫出去，但是，这个事实既不可能再增强这种耻辱感，也不可能再加深对这种行径的怀疑了。

如今，我不但对这一切已无把握，而且对相反的一面也不抱把握。我对自己的言辞也并无把握，因为言辞所表达的观点，也仅仅可能基于人们自己的生活；而我的生活并不是我任何观点的基础，原因很简单，因为我的生活并不是充满行动的生活；不过，最终我还是走上了表达观点的溜冰场，毫无疑问，我再次在溜冰场上滑倒；另外，我一下子窥视到自己像一位杂文作家，在雄辩的大漠中，突然被焦渴—死亡的恐惧所捕摄……

在我影响他人的同时，我自己也不知道自己是谁。

我的生活确实出现了一些其他的问题，也许，这些问题可以用这样的措辞来表述：为了推动生活继续向前，我们到底还需不需要这种简单明了的人类的严肃？要不然，在我们指导实践的时候，是否可以弃之不理？换句话说，这种传统意义上的道德生活还重不重要？是否能够满足难以遏止的权势欲的充分膨胀？为了使生活在某种程度上更美好、更丰富，这种难以遏止的权势欲膨胀和对道德生活的漠视以及对一个独立个体的功能性操纵，到底还起不起作用？（摩登，就像是大一统文化的赝品。）生活的道德质量——我们对更好的生活的追求——到底还是不是我们思考的范畴？人类的自体文化到底是否已经随着托尔斯泰一起结束了？

对于这个，我也只能提出问题，却无观点可言；我只能在可能找到自己的情况下，用生存与实践权作回答。

卡夫卡说：“在你还未倦于向上爬楼的时候，楼梯的台阶也没有偷懒，它们在你向上攀登的脚下紧跑。”即使此刻我不是在向下走，我也是在虚无中迈步。

利盖蒂·久尔吉[1]说：“‘前卫’与‘摩登’是两种不同的风格概念。”（摘自《国际文坛》杂志 1994 年第 2 期）依照习惯，利盖蒂借此又对某种基本事物进行了阐述。

小说写作的新技巧全部基于这一认知：不再是作家去把握世界（作为一种熟知了的对象），而是这个世界去把握作家（作为一种毫无限制的专制的对象）；然而，这一认知使所谓的“文学”发生了许多毁灭性的改变，从所有艰难为生的艺术分支来看，都是如此。艺术，从人性水平的令人难以置信的迅速沉沦中汲取最后的灵感，而这种无法遏止的沉沦很快将所有的灵感清除得一干二净，只留下了毁灭。即使现在：有谁谈论文学？记录下

1　利盖蒂·久尔吉（Ligeti György，1923—2006），匈牙利知名作曲家。

最后的一阵挛痛，这就是一切。

我去了一个破败、荒凉的乡村。“这是一片平坦、空旷的风景，事实上很难称之为‘风景’，仿佛是在世界的边缘。”与其说我是事件的参与者，还不如说是一个在感情上有所牵动的旁观者。我被带到某座城市的垃圾场，它与一片泥泞的村野相连，我碰到一条浅黄色的、皮毛凌乱的脏狗。它并不瘸，而是由于衰弱，有气无力地拖着两条后腿。所有的一切，都洒上了一层“黄昏”的色泽，某种火焰的反光。在地狱般的砂矿深处，我突然看到一群衰弱的人们正奄奄一息地躺在那里，他们的脸上带着紫红色的瘀斑，其中的一个——那是一个男人，穿着一件无袖的毛线坎肩（那是A为我织的）——我记得非常清楚；(跟其他人一样）他正温驯地等待死神的降临，我又看到了那条狗，它正卧在男人跟前，这个饿得瘦骨嶙峋的男人正亲密地爱抚那条贴在他身边的、衰弱已极的动物。在这个住着活人的万人坑里，沉寂令人窘促不安，人们躺在那里，沉浸在一种垂死的、痛苦的平和之中。这幅场景虽然并没有给我带来特别的苦痛，但是实际上，我既未感到自己是那群垂死之人中的一分子，也没有感到自己是一个旁观者。虽然在某种程度上我被这幅情景吸引，但最终还是没有沉溺其中。我还记得那个身穿毛线坎肩的男人脸上那种非人间的漠然表情，他躺在那里朝上（朝着我？）张望，越加同情地抚摩那条老狗：他们一同静候自己命运的终结，带着某种永远不可能接近的高傲与平和。

还未等到任何结局，我就被迫醒来了。随后，我很快就忘掉了这个梦。现在，我对自己梦境的象征体系已经逐渐有所了解。我知道，我梦里的那些饥饿者为什么要挨饿。我知道，那些人到底都是谁。我知道，那条狗是谁。我知道，我们为什么要挨饿。我知道，我从他们身上意识到了什么。我知道，我到底为什么要看到他们。我知道了一切。我还知道，我永远不会摆脱自己认知的折磨。

4 月，我重又来到西格利盖特；还是老地方，老房间。当我刚一踏上山腰空地的小径，一股花香就伴着早已久违了的黄昏的忧伤扑面而来……片刻之间，所有的乡愁都变得像某种似曾相识的失落感一样难以把握……好像我曾经来到过这里。好像我曾在这个房间里住过，好像我曾翻译过一本《悲剧的诞生》，好像我曾写下了《为了未诞生孩子的祈祷》的开头几行。好像我曾在这里经历过一场曾在《祈祷》一书中发生过的暴风雨（再过一个月就是十八年了），就在这场暴风雨赤红的雷霆电闪之间，我一眼看到了我今后将要写出的所有的作品，这些作品就在那与雷霆电闪仿佛的光芒里忽隐忽现，随后，无数的灵感与抑郁，在与暴风雨中的电闪仿佛的期待中逐一诞生。好像我曾在这里爱抚过一个瑞士女孩的头发（对我来说，这事发生得十分突然），在一个漫长的午后，为了一件糟糕透顶的蠢事，我对她进行了充满喜悦的报复，当时，我淋漓尽致地表现了自己出类拔萃的绅士风度，我称之为“爱情”——就这样又发生了许多的故事。一切都依然存在，但是一切都已然改变，我自己也一样。时光在人们的头顶疾速飞逝，仿佛就像地质年代在大地上空涌流：从地心喷发的炽热熔岩，冰川时代，洪水时代，石器时代，青铜时代，黑铁时代……我在这里的重新出现，是一场奇异的时间游戏。既没有更深刻的意义，也没有神秘的内涵。我只是希望自己能够写几出自己的戏剧，安全地，平静地，远离城市疯狂的喧嚣。在园林里，我看到一只小鹿，正在吃着新萌发的玫瑰嫩芽和花蕾。

从这一刻起，我的作品就该在我的眼前瞬息不停地上演，而它的主题是关于奥斯维辛的胜利；奥斯维辛的胜利是这部“小说的精华”，而这个世界也与这部小说相仿，其精华也是关于奥斯维辛的胜利。

会客室里作家的闲谈：孤独的食肉动物们围着空盘子打转。

日渐萧条的园林。当年，这里（在我房间的窗前）曾是一片生机盎然、枝杈茂密、针叶葱茏的灌木丛——许多年来，我一直称之为“绿色的火焰”——现在枝叶枯槁，萎蔫地垂挂在树上。

协会同僚之间的冷漠关系使我感到捉摸不定。我似乎听到爬行动物在我背后轻蹿的声响，但是当我转身张望的时候，要么倏然消失，要么就在他们鳄鱼般的嘴角强作出一抹惊促的微笑。他们将一份评论塞到我手心，我也不能判定这是出于恶意，还是出于好心。这篇评论在一个特别强调的地方称我为“匈牙利作家”。问题是：他们为什么要称我为“匈牙利作家”呢？是因为我写的故事（绝大多数）都发生在匈牙利？还是因为我（总是）用匈牙利语写作？为什么要给我下“匈牙利作家”这种富于煽动性的断语呢？显然我不是“匈牙利作家”。（显然因为他们认为我不是“匈牙利作家”）至少，这个称呼、这个词组在我的耳朵里听来，不过是牙龈、喉咙和语音的“沙沙”震动。也许正像维特根斯坦所说，这个称呼毫无价值。他们又想借用这个称呼说明什么呢？或许他们想说明，与之相反，我并不是“匈牙利作家”，只是作为“匈牙利作家”受到他们的接待。然而，这个也不是我自己的愿望（关于这个问题，我甚至问也没问），而是写下这个称呼之人的愿望；写下这个称呼的人，大概是希望自己能在某地作为什么人被接受（当然，连同所有的麻烦一起），这次则是希望作为“匈牙利人”被接受（然而，这个概念具体指谁？到底指的是什么？一点也没有表达清楚）。至于我，早已接受了与自己相关的一切，自从“新时代”开始之后，我不仅重新接受了自己，而且还选择了适合自己的位置：从某种意义上讲，我不属于这里（也不可能属于这里），我的绝大多数作品并不是为那些我说他们语言的人写的（也不可能为他们写）；长久以来，在一个看上去陌生的世界里，在总是以所谓形而上学的手法记录自己的真实状态之后（那是在另一种状态下，在镰刀与铁锤之间，我只能通过镜子看到镜子照到的模糊图像），我很乐于直截了当地进行表述。为什么不呢，为什么不。但是，这个世界（这个环绕在我周围的世界）叫做“匈牙利”，这个“陌生的我”的真实名字是“犹太人”；在今天（这个“今天”已经持续了长达七十年之久），一名犹太裔的匈牙利人要想被人接受，就要符合某些特定的条件，而这些条件——简而言之，从实质上讲——导向了对自我的否定。

生活，反正不是抗议，就是合作。

M 有着快乐的天赋，与其他所有的天性相比，这是一种特殊的恩赐……我将手迅速抽回；也许她想与我分享她的快乐，不过在我的手指之间，她的手指略显拘谨，即便这样，她还是将她的一部分财宝递到了我的掌心；我受惊地与她的手紧握，我不敢看她，她会使我的目光变成一捧黄沙……荒僻冷巷的惊人妩媚。从国家公路的高处眺望，童话般的村庄突然呈现在我们眼前，雪白的柱式门廊，红色的屋瓦闪着耀眼的光芒。村庄的名字，例如：“贵族辩论”，“大瓦若尼”，“红湖”；慵倦的、永恒不变的情调，钟声悠扬，水果满枝；篱笆后，有一条狗在冲我们狂吠；村路上，走着一位身穿深色衣服的妇人。温柔的风景，稀疏、梦幻般的鲍科尼森林（Bakony），视野突然开阔起来，我看到山坡下在阳光中炽烈燃烧的黄色菜田。

既不是上帝，也不是人类；既不是社会，也不是那些被人狡猾想出的“义务”——唯有我们始终与死亡直面相觑的姿态，使我不得不沉浸于艺术创作之中。

5 月底。昨天我在阿姆斯特丹莱顿广场的一家美国咖啡馆里喝咖啡。到处是梵高们和伦勃朗们。当你抬腿跨进一间大堂，就会迎面看到伦勃朗的《夜巡图》。缠着头巾的《自画像》，看上去就像使徒保罗。脸上带麻子的皮肤，酒糟红鼻头，充满怀疑的眼神，斜蹙的眉毛，皱纹密布的额头：这张面孔我永远不可能忘记。葡萄牙的犹太教堂（当地人叫它“Esnagoga”）。在阿姆斯特丹的酒馆里，有一种曾在加缪的小说《堕落》中充当过主要角色的杜松子酒，当地人叫“叶奈沃”（Jenever[1]）；酒馆里，有黄铜制成的酒龙头，吧台上，一位体态健硕、头发焦黄的酒吧老板娘正在那些与塞尚曾在某幅画作中所描绘的景物类似的、忧郁的瓶罐之间量酒，在她旁边，

1 荷兰是杜松子酒（金酒）的故乡，荷兰语称为“Jenever”，是从杜松子果实的拉丁文“juniperus”而来。

一只大葵花鹦鹉在一个大鸟笼里踩踏、尖叫。阿姆斯特丹的房子，阿姆斯特丹的神话，阿姆斯特丹的历史，“新教徒精神”。从旅馆房间的窗子朝外望去，我可以看到运河对岸狭小的玩具小屋，透过一扇扇没挂窗帘的窗户，我看到了一间厨房，厨房的上面是一间卧室，还有一间窄小的办公室和一个袖珍的起居室（我想，那只是看上去“袖珍”）。晚上九点半，阳光突然穿透一直缓慢翻卷的佛兰德浓云投射下来。红灯区，在一条狭窄的小巷里，在展示女郎的橱窗前，聚着密集得无法穿越的人群；挤搡，叫嚷，闷热，情绪的躁动；之后有一只手突然扼住一个人的喉咙，并将一个棕色皮肤的男子摁到房子的街墙上；拳头像暴雨般落下，那张痉挛的脸上鲜血淋漓。是啊，这里的一切最终都在为这个场面埋下伏笔，而这些伏笔，则在酝酿着一场拳头的斗殴；显然，这不仅仅发生在今天，而是发生在每个夜晚。不管怎么说，这些光线朦胧的街巷，外形独特的小屋，这些点着红灯的小桥，以及运河岸边交织密布的街巷的冷酷之美和梦幻之境，对一切施展了魔法，使一切变得柔和恬静，恍惚可及。.

从那之后，总有一句咒语、一句巫诀在我的脑际萦绕："西方文化……"这句话在今天只成为一句咒语。在至今仍被称为"欧洲"的博物馆里，涌动着傲慢无理、川流不息的人流；然而，她曾有过多么辉煌的过去，有过多少令人凝神屏息的华美，有过多少生命的荣耀；在那些生命之中，曾有过多少勇敢，多少正义，多少高尚和多少力量……就像库克船长[1]一行带着将要付诸行动的好奇与敏捷，从黑暗中钻出……我们匆匆地瞥见：他们正好举着油灯从黑暗里出来，随后又立即钻了回去，去探掘深藏的宝物，继续那无终无止的夜巡（不过，这个夜巡现在终于结束了）。"但是……还是"，正如同俄狄浦斯所说，但是，这句咒语还是没有从我的脑海里剔除。近来，我找到了两件与之相关的作品，一幅是油画《夜巡》，另一个是《作品第132号·小调四重奏》[2]……

我的记忆，就像一群丧魂落魄、到处流浪的丧家犬，它们将我团团围住，盯着我，喘着气，扬起头对着月亮高声嗥叫，你想将它们赶走，但它们并没有散开，他

1 库克船长（Captain James Cook，1728—1779），著名的英国皇家海军军官、航海家、探险家和制图师。

2 指贝多芬第15号弦乐四重奏。

们贪婪地舔着你的手，然后绕到你的背后，在你身上猛咬……

这些蒸发了的夏日情景，就像写在落叶之上的随笔记事，在我的窗前被风吹卷……

黑暗突然降临到一个闷热的夜晚，在森林脚下，在佐格公园大街之上。倾泻在我身上的孤独与焦虑。一条条家犬在栅栏后面预示凶兆地狂吠；也不知是从哪个方向，传来气枪邪恶的轻声脆响。有人在练枪。他们是谁？为什么要练枪？他们究竟被什么样的敌人包围着？

在通向瓦洛什马约尔公园[1]的林荫道上，一位老妇拦路问道："去亚诺什医院怎么走？"这句问话简直是废话（因为，显然她准确地知道应该怎么走）。那双深深塌陷的眼睛，充满了心底迷茫的表情；那双冷漠的眼睛，不仅望着这个所谓的"现实世界"，也同样望着我。她的衣着讲究，外表经过打扮，在她的胳膊上有一块已经凝血了的深深伤疤，虽然伤势并不严重，但却为某种迟疑不决、丧失理智的行为留下了印痕，泄露出她在凄寂的家中发疯般翻箱倒柜的秘密。

1 瓦洛什马约尔公园是坐落在布达、离莫斯科广场不远的一片城市绿地。

我靠在扶手椅上正读着黑塞的《德米安》，我突然伸出手，在一张很小的收据条上随手写下了下面的这一行字："真可怕，我竟是这样一个没有人在意的生灵。"我站起身，走到窗前，在下面的街上，有一条狗带着另一条狗，我分辨不清，两条狗中究竟哪一条是主人。

我碰见了住在隔壁门里已经认识了几十年的邻居，今天我突然注意到他的面孔发生了改变，他的脸色苍白，牙齿变得大得古怪；他讲了些疯癫的话，我还惊讶地发现，他走路的时候不再像以前那样，而是迈着细小的碎步。出版社社长只穿了条短裤和一件被汗水浸透了的短袖衫在他的办公室里接待了我，在跟我（权且称为）谈话期间，不是他每隔一分钟就从座位里跳起，冲出房间，就是有谁门也不敲就推门进来，低声告诉他什么显然十分重要的消息，来人冲我连头也不点一下，社长立刻中断了和我的谈话而与来人应答。有轨电车里闷热不堪，一张张疯癫的、烧得通红甚至带着兽性的面孔，一个年轻女人穿着一条朝上掀起的短裙，卖弄风骚地"湿润着嘴唇"，紫色的舌头犹如一条肿胀的水蛭。在邻国，人与人之间开膛剖腹，凶残强暴；整个的非洲大陆就是一所偌大的奥斯维辛；俄罗斯和匈牙利的谍报官们口袋里揣着原子弹的散件四下奔走，就在他们由于走私有功而从委托者手中接过犒赏的同时，盛在容器里的钚元素将他们的肋骨、肾脏和胰脏粉碎。

世界末日，是这个时代的灵魂。我编汇了一本短篇小说集，并命名为《世界末日史》。

所有作品的唯一、重要的灵感与核证是：死亡的恐惧。

6 月 4 日，不论是在阳光灿烂的白天，还是在星斗满天的夜晚，汽车始终在马特斯堡与塔茨曼斯托夫浴场[1]之间颠簸疾驰。M 和我开车，车里凯旋般地播放着贝多芬的《C 大调奏鸣曲》……

在我的记事本里写道："三年了，自《英国旗》后，我没有写出任何叙事性的作品。看来，与灵魂深处的游历相比，近来我更乐于去奥地利和瑞士的湖畔旅游……"

这是可以解决的矛盾。

但是，如果最终还是那些黑暗的凶兆伴随我存在的现实的话，那么我就该清楚地知道，这并不是对死亡的恐惧，恰恰相反：这是对生存的漫不经心。我慢慢、慢慢地忘却了死亡，这为我在这里生存的严肃性投上了阴

1 马特斯堡（Mattersburg），塔茨曼斯托夫浴场（Tatzmannsdorf），奥地利城市，均坐落在布尔根兰州境内。

影。假如我的存在并非不可思议，那么就连提它都没有意义。

温热的夏日公路，我与A和艾斯特哈兹[1]在萨尔斯堡。几次读书会。随后与A去了特劳恩湖[2]。从阳台俯视湖面，不管怎么看（即便是在夏末也一样）：这座豪华的宾馆，都是送给A的情人礼物，这是我生活的、难以想象的转折点，而这个转折点又提供了一个机遇。她小心翼翼地接受它，怀着一种由于时间的耽搁所导致的忧郁，保持着一种相信不可能失去的矜持距离，这种矜持，仿佛是受到了那段无奈岁月的苦痛之忠贞的指令；有时，她也会被恐惧所捕摄，因为我也可以觉察到某种无法改变的东西（或许，人们通常称之为“宿命”），而且预感到：人类最终会向这些固执的东西投降，而向堕落挑战……

就这样活着吧，你所迈出的每一步都伴随着祝福。反正你也可以像个“该诅咒的人”那样地活着。不过到了那时，你将变成一个“该诅咒的人”。然而：你可以活着，你可以工作，无论发生了什么事，那都是祝福；之

1 艾斯特哈兹·彼特（Esterházy Péter，1950— ），匈牙利大贵族后裔，当代著名小说家，凯尔泰斯的挚友，著有《赫拉巴尔之书》《一个女人》《和谐的天堂》等，多次获得诺贝尔文学奖提名。

2 特劳恩湖，位于德国南部，著名渡假区。

所以是祝福，是因为即使在“你该被诅咒的过去”里，你也辨清了能够发现生命的重大机遇。

加缪说：“‘幸福是一种义务’，但只有在我们辨清我们自己、辨清我们的同类乃至辨清上帝的情况下，这个真理才能完全站住脚。”假如加缪说得不错的话，那么这种“义务”究竟对谁而言？

幸福的质量还有待澄清。假如你所从事的职业——不，还是让我们不加掩饰地说：假如你生命的激情与对人类状态的表述相关相系，那么你就应该在所有隐藏于这种状态之中的苦难面前敞开你的心扉；而不应继续沉湎于所谓“为了感受创作愉悦”的不动感情的涂鸦。你失望了吗？肯定是这样；不过，在所有重大的冒险中，都要遵从这道指令：你必须付出你自己，吃你自己的肉，饮你自己的血……最坏的结果是导致某种微不足道的、日常生活的混乱：这将对一切做出反驳。人们还未从节日喜庆的华彩中走出——啊，这是无聊的恐怖：无聊是一种罪恶。

假如你的存在并非不可思议，那么就连提它都没有意义。

普罗旺斯的国家公路旁长满了梧桐树。在阿维尼翁，陡峭的小路镶嵌进礁岩之中，呼啸的西北风与适合野雉栖身的宾馆——“米兰德”；宛如指挥官一般在教堂前的平台上突兀耸立的巨型十字架，莱茵河上的中世纪小桥，咆哮不息的暴风雨。戛纳，晚上散步于棕榈树下，到处宾馆林立；在这个花哨空洞的世界里，街心喷泉与大海的涛声伴着漫天的星斗，为这片亚热带的天空提供了语言……但是，在我们所住的宾馆后面，一条条街巷纵横交错着爬上山丘，我想象：实际上，在这个魅人的舞台背景之间也可以生活，居住，工作，享乐，并且死亡。前一天，在从塞巴斯蒂安大街直通戛纳的海滨公路旁，是一片赤红的礁石。我和 M 在轿车里谈话。巴黎。这个城市给人一种在家的感觉，即使我头一次来这里，而且一句法语也听不懂，但我也能毫不费力地找到坐落在库塞尔大道附近的宾馆——不过，坐在方向盘后的 M 还是不肯轻信自己的判断，而是更愿相信一位熟悉当地交通的出租汽车司机的意见。

离开阿维尼翁，寻找国家公路；我们那辆挂着德国车牌的轿车被堵在了一条窄巷里，这里很可能是禁止通行。突然，在我们车顶响起了一阵凶狠的捶击声，外面有一个由于憎恨而变形了的恐怖声音冲我们尖叫：“Weg von hier!”（滚出去！）这喊声带着十分浓厚的、极具特色的法国口音。惊悸之后，我恍然明白：这不过是一个简单的误会：这是一个不喜欢德国人的法国人的喊声，出于他的臆想，误把我这个不知来自何处的佩斯的犹太人当成了德国人，误闯了他的法国地狱。就这样，我在片刻之间就从一个被迫害的犹太人变成了一个被迫害的德国人——这个世界就是这样，只要进行报复，就总会报复到自己。

在巴黎的宾馆里，M 问：“早餐开到几点？”“全天，夫人！”回答说，我们一下子来到了索莫利[1]——更确切地说是瓦萨利（János Miklós Vaszary）——的巴黎题材小说中。

午后，在夏蒙尼山谷吃晚茶。夜幕降临，空气清爽……香味袭人。在荒无人烟的森林、山谷与山脊之间，除了有一座怪异的圆形玻璃建筑（像是座博物馆）之外，什么人也没有，什么东西也没有。我们在一张石头桌子上用餐，就着头天剩下的法国奶酪、饼干，喝着当地人酿的葡萄酒。我感到发冷，M 将她的毛衣递给我，自己

1 索莫利·德热（Szomory Dezsö，1869—1944），匈牙利作家、剧作家。

却享受着这份凉爽，脸上容光焕发。我们一边吃一边筹算着，后面还有多少路要走？晚上我们在哪里过夜？云影愈加昏暗，万物罩上了越发浓重的颜色，而山顶的树林却仍沐浴在阳光之中。虽然我没有想，但我感觉到：当时我非常快乐。在六十年的笼中禁锢、六十年的牢狱生涯之后，我仅仅通过一次出游，就能在这里，在勃朗峰山脚下，确切无疑地感受到了（更准确地说，是享受到了）快乐。我跨进了另一种生活模式的门槛，并且意识到，这一道分界线竟是如此明晰，横在这两种生活模式之间——在我与我之间——的悬崖竟是如此之深，我只有竭尽最大的努力才可能跨越它。我仿佛站在某一道毁灭性的森林大火的边界面前，需要考虑一下得失，需要考虑一下：至今为止，我究竟都创作了什么？在这场灾难之后，我又将从哪里寻找创作的源泉？我知道，那些陈词滥调将会尾随着我，也许还有那极易使人误解为“幸福”的“迷醉的轻浮”，我会像一叶失去龙骨重量的船帆，从我自己的生活中被卷走。我明白了，幸福——我的幸福——与所有轻浮相斥。幸福——我的幸福——是承受重负的轻松感受，这时的感觉是“迷醉的迷醉”；当令人惊骇的生存现实倏然穿透了生活画面的短暂瞬间，真正的颜色就会渲染出许多的色彩。

这些悄然蒸发了的夏日景色……

天转凉了。

沐浴着10月凉爽的阳光，我正沿着佐格公园的大街朝坡下走。人行道上站着一位年长的老妇，脸上带着狡黠的微笑，她好像是在等我。我也向她报以微笑，她有一副细小活跃的蓝眼睛。“您叫什么？”她问。我感觉到自己羞于说出自己的名字，好像是从我的口袋里掏出什么不雅的东西。“莫非您认识我？”我问。她一边微笑一边生动地点头，老妇看了看我的手，问道：“手套，要吗？”我想，我明白了她的意思，知道了她想要什么，于是摘下自己的手套递给她，就在这一刻，我的手触到了她的手。老妇脸上高兴地绽显出光彩。随后，我略觉羞惭地往旁边站了站，就像一位宗教领袖，他在说服某人相信永生的同时，自己清清楚楚地知道，在他的体内潜伏着死亡。

“我们是否理解我们所思考的事情？”（荣格）

我是否理解我自己的生活？我可不可能理解我自己的生活？所有的一切都表示否定：一个深深根植在我体内的陌生的我，一个自我修正的道德主义者，一个爱撒谎的寓言家。

汉娜·阿伦特认为，所有写作的动机只有一个：要理解什么。但是，她给我们留下了“理解”一词的模糊内涵。

理解：事实上意味着占有（否则就不会有那么重要了）。

究竟存不存在一条理解之路，能使我会不占有那些我所理解的事物？能使我所理解的事物不归入我的统辖之中？这么说吧：一个人开始讲述一个故事，结果却作为俘虏，在那里掉进了一个没有逃路的陷阱……

假若我的生活不是这样一个故事的话，那它又会是什么呢？怎样才能将这个故事讲出来呢？也只能作为一个可以讲述的事实讲述；不过无论如何，都不能作为一个事实讲述，除非我找到了所要讲述的故事内涵，除非我找到了操纵木偶的线绳。那样的话，这个故事就将讲述我坚韧不懈的奋斗，这番奋斗就像古微生物的缓慢演变一样令人无法觉察，在某时某刻，它从我的体内——从存在的无底深渊之中——悄悄泛起，挣扎着浮升到意识的表层；随后，我连同这种全新的意识一起，接受了这个存在（我的存在）。毫无疑问，对于我这个沙场上永远的伤兵来说，之所以要将附着在我身上的意识与通过我所维系的存在融合一体，是为了让自己成为一名诗人：远方蓝色的峰峦，总意味着一条永无止境的流浪之路；但是，假如我还是有一天宣布自己抵达了终点，那么，无论是我的意识，还是我的存在，都将在极度的和谐中死亡。换句话说：我生命的奋斗，是为了死亡；显然，在这场奋斗中，我既不关爱自己，也不关爱别人。其他的细节问题，我怎么都可以应对；只要我为将要完成的小说的注解写几个注脚，只要我能记下一些仅为勾起对（自己）往事回忆的记忆，那就够了。而那已经沉淀了的完整记忆，目前尚未完善成形。

还是在那个夏天。在从奥地利回家的途中，我们想看一下我父亲去世的地方。也许，M 的愿望比我的更强烈。我们穿过邵普隆[1]，随后左拐，一眼望不到尽头的邵普隆石桥的监狱之城就兀立在路边，灰蒙，压抑，永恒的真实。我们抵达了一个白粉飞扬的地方，人们在破旧的摊棚前喝着啤酒。石头的世界就从这里开始，白色的

1 邵普隆是位于奥地利边界的匈牙利小城，距布达佩斯 220 公里，离维也纳 60 公里。1944 年初，凯尔泰斯的父亲在被押往奥地利途中，曾被关押在这里的一座采石场的石矿内，后来死于一座位于奥地利境内的纳粹集中营。

石子，白色的石块，白色的岩石，沐浴在仍然刺目的夏日天光里。一张演出海报上登着轻歌剧的广告。在入口后面的石头空场上，停着几辆来自布尔根兰州的旅游大客车，游客们正趟着干燥的尘烟一步一滑地朝岩洞剧院入口方向艰难地走去，从那里传出乐队调音的声响。一位查票员模样的人请我们出示戏票。我们问他，这附近有没有一块纪念牌？他怔了一下：纪念牌？不过，他开始试图帮助我们："是不是纪念1956年革命的？""不，是纪念1945年的。"一名年轻警察走过来。不错，他知道这附近有一块纪念什么人什么事的牌子，他在哪儿见过，但是究竟在哪儿呢？他记不得了。他也问道："那牌子是关于什么事的？""哦，是纪念大屠杀的。"我们小心翼翼地说。"这个我知道，但到底是什么时候的屠杀？"他试图弄清：我说的大屠杀是发生在50年代？1956年，还是1956年之后？"都不是，是在1945年。"这时，他完全愣住了："1945年？！"从他的表情看上去，我们好像是在寻找古波斯人的遗迹。我们走进那片绝无人迹的石头荒野，就在这时，伴着巨大的喧哗，歌剧的序曲在剧院的岩洞里响起。展现在我们眼前的是石头的屏障、石头的旷野和远处兀然耸立的石头岩壁。我们哑然伫立，我们确切地意识到：我们就站在我们要找的地方。他们正跌跌撞撞地朝着奥地利方向行进（我们现在刚从那里的一家温泉宾馆出来），他们所走的也许正跟我们来时所走的是同一条路；这支死亡之旅在被交给德国人之前，被关进了这座天然的石头监狱（很可能，这就是他们在匈牙利境内的最后一站），随后，他们被继续押到了奥地利境内的纳粹集中营。1945 年的冬季和早春，在寒霜里，在岩壁间，曾有成千上万的人被囚禁在这里；而那些在早上不能（或者不愿）继续往前走的人，则被击毙在岩洞之中。一个字也用不着说，仅仅这个现场就已经讲述了当时发生的一切。在这里不可能有别的事情发生，扫射、折磨和屠杀，曾是这个地方的灵魂。许久，我们踌躇着试图找到某些记号、某些痕迹、某些遗物，谁也不知道究竟在寻找什么；我们在岩石之间磕绊，在碎石滩上跌滑。最后，我们放弃了，拉着手，沉默无语地朝停车场缓慢走去，从那里隐约传出刺耳的轻歌剧音乐。

瓦洛什马约尔公园有着英格兰的情调。12 月的早上晨雾弥漫，站在林荫道上远眺，可以望到脚下那片仍睡在迷雾深处的、棕赤黄三色相间的园林，在那里，在光秃的枯树之间，几条浅棕色的、体形健硕的维希拉猎犬，正在铺满枯黄落叶的林间矫健无声地疾跑。

感情不会让人类平静地生存，生活并不是它所展现的那堆简单基本、彼此毫无关联的场景，而是那些掩藏在场景背后的东西。

读一下《建筑大师》[1]吧，你会看到象征已被丢到了何处。教堂的建筑不再是一种象征。

到底有没有一个有效的标志？现代的神话是从一场巨大的堕落开始的：上帝创造了世界，人类创造了奥斯维辛。

我想象出一种现代的神学，这种神学仅仅是一种仅与创造所有邪恶体验相关的科学，而其宣教的形式浸透入上帝的风格；与纯粹的形而上学相反，现代神学并不是一种语音清晰的辩论，而仅是一种艺术而已。

当犹太人被押解到奥斯维辛集中营时，他们并没有进行反抗——我们该怎样对待这种“责难”呢？当耶稣基督遭受折磨、被钉上十字架的时候，他也未曾反抗。那些事情注定要发生，一旦发生了，就不会消失了。从

1 《建筑大师》(*Bygmester Solness*)，挪威剧作家易卜生的戏剧，发表于 1892 年。

这个意义上讲，我认为：无论是十字架，还是奥斯维辛，都将不会消失。

难道这是一种“经过启蒙的”思维模式？我不知道，但是对于艺术家来说，这是一种富于想象的思维模式，因为它能为一种独特的风格铺路。

只有信仰是真实的（错误的信仰也同样）。只有信仰创造真实（错误的信仰也同样）。

“天气像地狱般酷热，热得院里的花唉声叹气，热得甚至让男人们受孕。他们其中的一个，生下了阿道夫·希特勒。”（卡齐米日·布兰迪斯[1]的《性格与写作》）。作者在同一本书中写道：“在17世纪初的维尔诺[2]城内，几十名阿什肯纳兹[3]的犹太拉比[4]聚到一起，他们中有传播信仰的哲人，有犹太教神秘教义的研究者（……）。经过三十个

1 卡齐米日·布兰迪斯（Kazimierz Brandys，1916—2000），波兰作家、电影编剧。早年是社会主义现实主义的倡导者。著有长篇小说《木马》和四部曲《两次大战之间》等，曾获得波兰国家文学奖。后流亡巴黎。《性格与写作》（*Charaktery i pisma*）是他的散文集。

2 Wilno，立陶宛共和国首都维尔纽斯（Vilnius）的旧称。

3 阿什肯纳兹，源于希伯来语，特指在中世纪时被从德国流放到中东欧地区的犹太人。

4 拉比是犹太人中的一个特别阶层，主要为有学问的学者，是老师、智者，在宗教中扮演重要角色。

月的认真商讨，拉比们终于找到了这个答案，而这个答案令人震惊："有一个丝毫不容怀疑的事实是，假如上帝从未创造过这个我们在意识中生存的世界的话，那就太好了！毫无疑问，假如能够消逝、消亡到永恒之中的话，这将是人类最大的愿望。"这与西勒诺斯[1]在米达斯国王的逼迫下所做出的抉择极其相似："……你最好从来就没有出生过，从来就不曾生存过，根本就是个不存在的人；其次的选择是，你最好——尽早地死掉。"

就在死亡降临前的这一瞬，在所有濒死者的脸上似乎都会突然浮现出一丝惊异的神情。最后，守在他们身旁的人们也看到了这一丝惊异，但对这个濒死者在半昏迷状态中露出的神情并不理解。这时，濒死者突然恍悟到什么，恍悟到某种无可补救、惊恐不安的感觉，他不但在这种感觉面前束手无策，而且还被误导了四十、五十、六十、七十或八十年——乃至整个一生。也许，这就是死亡的恐怖，即一个人突然意识到自己彻底丧失的时候所感到的震惊，而并非将他与他的恐惧最终化解的死亡本身。

1　西勒诺斯（Silenus），希腊神话中酒神狄俄尼索斯的同伴和导师。

需要分析一下这种“黑暗”的感觉，与之相比，我们会觉得生活是一团火焰（这是一种最古老的隐喻）：莫非我们认为，这是亡人与尚未诞生之人的黑暗？或者，这只是一种活人的参照系统？只是一种心理感觉和对死亡的恐惧？莫非这只是爆发于自我意识中的黑暗？只是一种感觉的失落？每字每句，都指向对另一个世界的假想。“感觉的失落”？这种失落究竟对何而言？那种误导了我们感觉的实质到底是什么？语言指出了一些我们的意识无法追随的东西：这种语言也是感觉的失落吗？——特别是在我年轻的时候，我能够毫不犹豫地接受“我不来自任何地方，我不走向任何地方”的激进认知。我活的时间越长，就越发清晰地看到这种激进主义的愚蠢；我活的时间越长，就越发清晰地看到这种激进主义只不过是一种生活模式而已，除它之外，还可能存在许多种别的生活模式。我几乎作为一种事实顿悟到，我们生活在一个系统之中，而且，我将这种系统视为一种参照系统，视为一种经过最终设计了的迷宫。即便这个迷宫并不需要某人的设计，但是对我来说，它看上去还是经过设计了的（经管我没见过设计图）（话说回来，就像我没有见过自己一样）。讲完这些，我们现在可以随手拣出一些现成的概念：上帝，荒谬，灾难，一般的相对性，或者其他什么我们喜欢的词……对于人来说——不是对人，是对我来说（只要我还活着的话），出现了一个价值评估的问题：在对自己生命过高或过低的评估方式上，更准确地说，在我将搁置不谈的价值创造的任务中，我将怎样对待这魔幻的火焰——我的生活。我清楚地记得，在我八岁或九岁的那年，我要了一个日记本作为圣诞礼物（也许是生日礼物），在我体内存在着某种躁动，相信这种躁动只有通过一串连贯的细碎行为才能够疏导。朦胧的不平静感在我眼前唤出一系列朦胧的画面：我用什么东西在什么东西上久久地涂抹着，比如说，用一支笔在纸上划动，这种孤独的举动最终使我感到了安宁。

但是，这涌流于我体内的到底是一种什么样的冲动呢？

尽管我是在虚无中长大的，但我通过自己的头脑——更准确地说，通过自己实用的眼睛清楚地知道，从孩提时代开始我就学会了去适应这种虚无，并在虚无中为生，在虚无中调整自己；简而言之，对我来说，虚无就意味着生活；我要在这种生活中认识自己，这并不比孩子们学习说话更难多少：从本来的——也可以说原始的——

意义上看，假如我孩子时的信仰未能这样丝毫未损地保留下来的话，那么我永远创造不出任何的东西。但是，假如我周围所有的人都予以否定的话，这些价值又从何而来？假如我们在现实生活中只能遭到斥责的话，我们又能从哪里汲取对这些价值所抱的信心呢？而且，这种信心可以理解为：一个人将自己的生命奉献给这些价值，然后自己与之孤单地相守，就像被关进了一个人的牢笼，所等待的不是开庭，而是判决；而且，即便获得了轻判，在这里也只意味着对他意愿的否决。

一个人要在自己的生活中看到某种合法性的话，就需要拥有一双极其敏锐的眼睛和一副极具耐受能力的心灵；假如这一切还伴随着一种沉默的执着，那么敏锐的视觉就会在很大程度上与目盲相混淆，而天赋的特殊现象就会从这种混淆中脱颖而出，那样他就可以发现这种合法性。

这种生活会不会最终使人看破红尘，认为已经失去了活下去的意义？是的，表面看来确实这样：我们的生活毫无意义；但是，这显然只是从表面上看，因为生活与意义之间本来并无联系。只要我们自己不充当中介而将生活与意义强牵强系；实际上，尽管我们可以说在生活与意义这两个领域里都宣告惨败，但是，与每个个体生命所创造的、不平常的空间相比，这种惨败本身并无任何意味。也许，我们实现了一个目标，但是在实现这个目标的过程中，我们在日常琐事之间并未重视这种实现，甚至我们都没有意识到，我们就在这种状态下实现了我们生活的目标，反而感到自己的生活茫无目标。可是，我又能做些什么呢？“生活”归根结底是属于个人的，假如我们终于醒悟到我们的存在是错误的，那么我们大概只能——至少对一个个体而言——将死亡视为对这个错误的纠正。

1995 年，寒冷潮湿的春天。“不容侵犯！”我也不知道自己怎么会突然想起这句当年传奇般的口号？营地的篝火，歌曲小调，还有一张张放射着某种刚毅与英勇的领导人面孔（在继之而来的岁月里，那些面孔从这个舞台上消失，而以新的角色又一个个地出现在另一个舞台上）以及那些由于片刻的迷狂而咆哮的民众，他们的眼窝和嘴角很快被泥土掩埋。

“有没有看出法西斯主义与共产主义之间的区别？”这是一个愚蠢的问题，对这个问题可以给予一个简单的答复："共产主义的乌托邦，是法西斯主义的实践。"[1]党的运动与强权，将两者合二为一，是共产主义变成为法西斯主义的实践。

晚上，当我穿过被叫做"莫斯科广场"的天启之地[2]，街上的光线昏暗不清地投照在电车铁轨上，忽然我听到扑通一声钝响：有一个体重不轻的家伙（一个男人）恰好摔倒在地，两条胳膊古怪地挥向空中，但是这个动作被定住了，随后在地上艰难地滚了一下，仰面朝天。有几只援助之手赶紧向他伸去（我也将手伸了过去），与此同时，鲜血像泉水一样从他的鼻孔里流出（我的手套也染上了一些）。人们扶他站起，然后我继续朝有轨电车站走去，但是，当我回首张望的时候，重又看到那个家伙躺在地上。这时，已经有更多的人弯下腰，逐渐将那人团团围住，他们中大多数人穿得不好甚至衣衫褴褛；从远处也有许多视线朝那个不幸的家伙投去，这都是些闪着饥饿光焰的土狼的目光。其中一人恰好有着土狼似的外貌，有着一副惯于追猎的野兽所有的那般精壮的身

1 作者说的"共产主义"，是指冷战时期的斯大林式独裁主义。

2 莫斯科广场，现更名为"塞尔·卡曼广场"，位于布达城区，既是公共交通的枢纽，也是治安混乱之地。"天启"，出自《圣经·新约》，"天启之地"意指"被预示将要发生大灾难的地方"。

材，双肩前突，两条胳膊长得不成比例；刚才，这人始终从远处注意着事态的发展，就在我登上有轨电车的刹那，他突然拔腿朝那像蚂蚁一样密密麻麻蠕动的人群走去。我来到了自己位于土耳其大街的办公室（就是这间只有二十八平方米的小屋，曾是我和 A 住了三十五年的家），我检查了一下手套，在左手手套的拇指上果真看到了沾染的血迹。我走到洗脸池边，试图用冷水和海绵洗掉染在手套和外套上的血迹。这时候，那个不幸的家伙到底怎么样了呢？他是不是已经被抢得精光，正赤身裸体地躺在莫斯科广场上？还是被人扶起并被搀扶上某辆有轨电车，只是现在才发现自己的钱包不见了？他现在是否清醒，是否知道自己到底出了什么事，是否知道我正在记录这个事件？我是否知道，我的记录对他来说根本就毫无意义？我们是否知道我们对自己的命运、对自己的生活的无能为力？是否知道每个瞬间的令人羞耻的偶然性？我们之所以这样屡错屡犯、强忍羞辱地死死恪守着这些瞬间，因为我们的生活就是由这些无能为力的瞬间穿连而成。这里到底存不存在一个严肃的、基本的相反论据？我一个都没有找到……

5月，我重返柏林。拍摄电影。在当年纳粹焚书的遗址上，我的书被投进一个垒成的火坑里，摄制组将这个场景拍下。我本来应该感到胜利的喜悦。但是我并没有感到。

明斯特[1]。从教堂美丽的钟楼顶部，悬着一些形状特别的笼子。人们解释说，当年，就在这些笼子里，曾经关押并折磨那些反叛的新教教徒。

海德堡。我应邀出访。在桌前，一位亲切友善的大学青年教师描画了一条从巴尔干地区指向这里（北方）的漫长路线，这是一条被送到屠宰场的牲畜所走的痛苦之路。就在母牛被赶入屠宰间的时候，公牛已经自愿地跪倒在板斧（或者跟板斧类似的现代化屠宰工具）跟前，因为，它已经懂得了自己的命运。（“Das Urteil kommt nicht mit einemmal, das Verfahren geht allmählich ins Urteil über.” 判决并不是突然下达的，诉讼的进展会逐渐接近判决。[2]）

汉堡：我宣读了自己的讲演，随后，有一个头发花

1 Münster，德国北部大城市。
2 作者引用了卡夫卡《审判》中神父与K的谈话。

白、神采奕奕、穿着毛衣的男人从并不很多的听众中走出，自我介绍说：利盖蒂·久尔吉。我突然惊得一句话也说不出来。

次日，我冒着暴雨、顶着寒风离开汉堡去法兰克福，我在这里茫然踯躅，我乘坐的大轿车停在了机场，我终于走进一条封闭的、光线朦胧的恐怖甬道，甬道两旁站着两排军士和女兵（漂亮的金发女郎），他们彼此间隔不到一米，一动不动，表情漠然，枪口与目光都朝向前方。甬道直通的是一个无人的大厅，在那里，我必须将箱子里的每件衣物都一件一件地抖出，并手忙脚乱地装回去。我就像海德堡那位教师说的牛群，惊慌不安、任人摆布地朝下一个大厅走去。

特拉维夫：熟悉的，或说是熟悉的陌生。天终于暖和了。大海。我在狄森高夫大街[1]（Dizengoff）与弗利什曼大街的街角上用晚餐。餐馆老板把我从街上招呼过去，并打着手势示意我在露天平台的一张椅子上坐下："S'il vous plaît, monsieur."（请，先生。）她试着用法语跟我说话。虽然对方语调奉承，但遗憾的是我不懂法语。除了

1 特拉维夫最著名的景点，以犹太复国运动者、首任市长 Meir Dizengoff 命名。

鸡肉，还端上来了东南部地区的各种美食，绿色或黑色的橄榄、番茄、水果，各种调料和缤纷悦目的沙拉。我看到一个又一个黝黑皮肤的妇人们惊得屏住了呼吸，她们都是信犹太教的犹太人，中东地区的犹太人，一般都不会去露天的平台。我努力提醒自己注意，在这里的每个人都是犹太人，非洲人外貌的餐馆老板，身材颀长、一头浅茶色头发的北欧姑娘，还有那个蓄着长须、耳边垂着两绺卷发，正脚步拖沓地朝这边蹒跚走来的老伯。最后，我看到的只是夜晚拥挤喧嚣的交通，觉得自己好像是在意大利，或是在布达佩斯。一栋栋形状古怪的方块房屋，前凸的、撑着遮阳篷的门廊，一切都有些破旧褪色，不知怎么，这使我联想起新利普特城区[1]。走进一条格调高雅的小巷。一株株棕榈树、各种各样的奇异植物、建筑精美的别墅以及荒弃了的庭院混杂在一起，这座城市活着，并酿造着生命。然而，我并未感到那种“找到了家”的感觉。总之，各种预计好的体验都没有发生。莫非我不是犹太人？那么，我又是谁呢？当然，在德国，我更不能说是回到家乡；而“在家乡”，在匈牙利，宣布

1　Újlipótváros，即布达佩斯第十三区。

的却是“我的陌生感”。离开法兰克福时，我又受到了一番搜查，监视器正对着飞机舱门的出口。在验查护照的时候，对乘客已经有了明确的区分：欧盟国家的公民向右走，其他国家的公民朝左行。我差一点未能去柏林，因为他们没有找到我的返程票。只有在他们证明了我将离开（而且肯定会离开）这个国家去另一个地方（转机去以色列）之后，才允许我登上了飞机。作为受人歧视的犹太人的同时，现在我还要作为匈牙利人承受歧视。对于第一种歧视我毫无异议，因为那种歧视——可以这么说——有着自己的风格；然而对于第二种歧视，我却感到不合理。受到伤害的并不是我的匈牙利国家，而是我饱经磨难的犹太人属性，不论遭遇到任何的歧视，我总是作为犹太人而无可幸免。也许，这就是所谓的“身份”？那么，也许我还是一个犹太人？

特拉维夫的月圆之日。在万豪、希尔顿和喜来登酒店的高楼后面，有一道短短的用石头铺成的简易古老栈桥探入海面，将浪涛劈开；走在上边，海水的泡沫和特拉维夫泥沙像绸缎一样地朝我的脚前漫涌，就像特拉维夫的猫。

次日上午，在一所学校里。我为以色列的学生们朗读了一段希伯来语版的《命运无常》。也许并不是……？我不会记错的。尽管有着语言的苦难，而且是面对纯洁的……我该怎么说呢：作为犹太人的窘促不安，也为我在这里的工作增添了难度。随后，我们去了贝尔谢巴(Be'er Sheva)。平和的、稍显荒芜的风景。这道"或许是从文艺复兴的画作里透射到这片遥远乡村的上帝的光芒"普照着万物，宛如涂上一层薄而均匀的清漆。

耶路撒冷，阿拉伯的古老城市。色彩缤纷。长满橄榄树的山丘。哭墙。我朝路牌匆匆望了一眼，这条街的名字是：Via Dolorosa（受难之路）[1]。先去了犹太教教堂，随后，我在哭墙前面突然感到一种撕裂的疼痛。一个在世界另一个角落早就被人淡忘了的神秘悲剧，却像一个可以唤起人们记忆的符号，醒目地悬挂在这里，悬挂在到处金光灿烂的空气中。基督之死，使这座道德的宫殿——假如可以这样说的话——使人类精神历史的基本支柱出现的裂痕。这究竟是一种什么样的裂痕？是父亲们对孩子们做出的死亡判决。至今还没有人从这种疼痛中康复。不过，要想使之变为一个全球性的事件，需要

---

1 耶路撒冷旧城街道，传说为耶稣当年背着十字架走往受难地的道路，如今为重要的朝圣点。

发挥犹太民族独具的道德天赋。处罚，这种犹太民族世代遭受的残酷处罚，因此获得了某种特别的内蕴。我们可以从基督到奥斯维辛之间划一条连线，但是，在这样的奥秘之中我们只可以做短暂的探索，而且，这也只是为了窥望一下人类历史的无底深渊，只是为了了解一下在戴着“真实”假面的生活里到底都进行着什么样的特殊营生，感受一下那片刻不停的创造与毁灭。这个观点认为：耶稣不是上帝的儿子，而是他父亲的儿子。卡夫卡在他题为《审判》的小说里，有一两句话提到了这种关系[1]……

下午，我的作家朋友阿佩尔费尔德[2]带我去犹太正教街区。我们参观了不同风格的犹太教大教堂。星期六的晚上，有一个祷告堂里挤满了男人和孩子。他们在用餐，祈祷，歌唱。女人是不能进这里来的。一位肖像画家肯定会被这些面孔所吸引而沉溺其中。人们蓄着胡子，穿着西服。虽然不存在嗅觉专家，但是在这个领域里也可

1 卡夫卡在小说《审判》中描写了一个对儿子进行暴君式统治的父亲对无法摆脱父亲暴戾阴影的儿子的死亡判决。这篇小说既是卡夫卡与自己的父亲斗争的产物，也受到了弗洛伊德的影响。弗洛伊德认为，父子斗争是人类历史的一种恒常现象，通常反映出时代交替过程中新旧观念或新旧阶级的对立冲突。

2 阿法隆·阿佩尔费尔德（Aharon Appelfeld，1932— ），以色列小说家。

以找出某种使人感兴趣的东西，某种——香草的气味与蒙着浮尘的祈祷书的气味相混杂的——乡愁的味道。阿佩尔费尔德神态拘谨地坐在我旁边，坐在长凳座位上，但是仍旧掩藏不了他内心深处的“隶属于此地”的意识。然而与此同时，他却穿着长袖衫坐在他们中间，脸上刮得格外光亮，头上戴着一顶汉堡式帽子，我戴的则是一顶威尼斯的白色帆布礼帽。有几道视线投向我们，显出一点无可否认的焦虑。有一位相貌相当英俊、神情暴躁的男人，在他乌黑的美髯里混杂着灰白的胡须，他已从我们跟前走过了许多次，却装得好像根本就未曾注意到我们，这时，他突然近乎粗暴地将一杯茶放到我们眼前。他一句话不说地来回踱步，最后突然将两个小面包塞到我们手中。我们就这样坐着，看着祷告的人们，看着讲话的人们，看着在吃午后便餐的人们。在这里，这些被遗忘了的、被隔绝了的人们究竟珍藏了些什么？我不知道。也许，只有世俗化了的犹太国家才能结束这种犹太人的生活方式——这种欧洲中世纪时期古风犹存的犹太人生活方式。阿佩尔费尔德将他三十年前曾经住过的房间窗户指给我看：他曾在这儿，曾在一个有五个孩子的家庭里当过房客，他曾切身贴近过犹太正教的生活方式——或许，他对正教生活方式的了解会比其信仰本身多得多。当然，这仅是我的猜想，至于事实怎样，我不可能知道。我听着他的讲述，感到惶惑不安。在这群人中，我感到拘谨、惶恐——这与平时置身于人群中间时的感受相仿，既不多，也不少。我是另一种犹太人。我到底是种什么样的犹太人？哪种都不是。我从很久以前就已经不再寻找家乡，也不再寻找自己的身份了。我跟他们不一样，我跟自己不一样。在这群正教教徒们中间，使我真正有所体验的并不是他们，而是阿佩尔费尔德，是他那副冷静的、总带着导游语气的声音（偶尔会突然打一个嗝儿）和他那副不时蒙上雾气而需要摘下来擦拭的眼镜……我们审视着这个由同胞组成的群体，与他们结成了朋友，甚至还与艾丽丝·默多克和约翰·贝利[1]交上了朋友——这对可爱的老夫妇仿佛从贝克特的某部剧作走出来一样。我们一起在玛萨达城堡[2]徘徊；约翰的头发像扫帚似的从那顶旧帆布帽里垂下，破旧的西服下套

1 艾丽丝·默多克（Iris Murdoch，1919—1999），爱尔兰小说家，1987年被授予大英帝国女勋爵头衔。她著有二十五部小说、六部剧本、一部诗集及五部哲学著作，重要作品有《大海，大海》《黑王子》《网之下》。1956年与文学评论家、小说家约翰·贝利（John Bayley）结婚。

2 Massada是犹太人的圣地，联合国教科文组织评定为世界文化遗产之一。

着件无袖的羊绒衫，他冒着三十七度的高温，步履坚定地走在炎热的岩石小路上。走在他身边的是被烈日晒红了的艾丽丝，包里带着游泳裤，迫不及待地想在哪里纵身跃入水中。尽管我们谁也听不懂对方的谈话，但是还是谈论了一些深奥的话题。后来重又回到特拉维夫，回到这个已然熟悉了的、令人兴奋的城市里。午餐，咖啡，在摆到街上的、露天的餐桌旁。之后，我们到海滩上闲坐，海面一片蔚蓝，今天起了一些风浪，白色的泡沫迎面扑来，海平线上勾勒出一艘轮船阴沉，带着威胁的轮廓，离它不远的地方泊着一条轻盈的帆船。明天黎明我将起程回家，而此时的布达佩斯只有八度，而且还大雨滂沱。很难舍弃这里的太阳、大海和生活。

命令这样写道："他们不可以活着回家！"于是，用不着朝这些人身上瞥一眼，就开始对他们拳打脚踢，就开始残酷地虐待他们，而不怀有任何的尊敬和同情。

曾经的文坛巨匠赫尔采格·费伦茨[1]这样描写过他的出版商（法尔卡什·伊什特万，沃尔夫纳·约瑟夫的儿

1 赫尔采格·费伦茨（Herczeg Ferenc，原名 Franz Herzog，1863—1954），匈牙利著名小说家、政治家、科学院院士。

子）[1]：“父亲去世之后，法尔卡什·伊什特万被迫离开了他作为画家已经取得了巨大成功的巴黎，回到布达佩斯，接管了出版公司。尽管他违心地当上了出版社社长，但是出乎我们所有人意料的是，他成为了一位杰出的出版商。然而，他回到布达佩斯，却走向了毁灭：箭十字党统治期间，他和妻子均以悲剧丧生。假如我们再算上（嘘！）他的一个排行老三的兄弟早年自杀夭折，以及他的母亲死于疯人院里的话，那么我们可以得出一个结论，这是一个被命运迫害的家族。”（赫尔采格·费伦茨，《清凉谷》，第 176 页）在文中，“取得了巨大成功”是指法尔卡什·伊什特万是现代欧洲画坛的重要画家之一；“以悲剧丧生”则指他被杀害于奥斯维辛（其实，文中所说的“箭十字党统治时期”也是编造的：法尔卡什·伊什特万被人告发，遭到拘捕，并于 1944 年 6 月在德军占领期间——更清楚地讲，是在亲纳粹的匈牙利政府执政期间——跟其他五十万犹太人一样被送去了奥斯维辛集中营。）不要忘记，像沃尔夫纳这样的出版商，曾怀着由

1　法尔卡什·伊什特万（Farkas István，1887—1944）是 20 世纪初杰出的匈牙利画家，出身于一个富有的犹太家庭，父亲沃尔夫纳·约瑟夫（Wolfner József）是著名的出版商。二战期间，法尔卡什·伊什特万跟大多数犹太人的命运一样，被送进纳粹集中营，并在那里被迫害致死。

衷的敬意出版过像赫尔采格·费伦茨那样虽然水平中等但在当时的政治环境中被视为“号角”的官方作家的作品；至于为什么，赫尔采格自己也做出了解释：“(沃尔夫纳·约瑟夫）具有一副朴实的心灵，他在以灵敏的嗅觉评价文学作品的同时，还是一位出版界天才。他总能捕捉住读者需求。在当时，图书与杂志的读者群主要集结在信奉天主教的中产阶层。尽管他自己是一名犹太人，但是，他对天主教作家抱以的关注和优先远远超过了犹太作家。”(《清凉谷》，第 175 页）假如这位作家——赫尔采格·费伦茨——当时不是那般可气可怜的话，那么我们也可以从他杀人般的愚蠢颂歌中读出整个所谓的“匈牙利命运”；换而言之，我们不如将这种命运命名为“缺少根本的社会团结”更准确。这个将自己融入其他文化并不遗余力地为自我的毁灭效劳的上层犹太中产阶级到底跑到哪儿去了呢？沃尔夫纳自己还是死在床上，而他的后代则被迫害，遭到杀戮；他的儿子法尔卡什·伊什特万令人叹为观止的画作，后来又被从无产阶级国家的文化园地里逐出，同样，最后赫尔采格·费伦茨的喉咙也被所谓的社会主义文化政策紧紧扼住了。极权主义者的公正行为，就像一架永不停息的搅肉机一样在分秒不停地运转。不管怎么说，这位被视为“匈牙利天主教中产阶级的典型代表”的赫尔采格·费伦茨的爽快性情，在对待匈牙利犹太人大屠杀的问题上为后人——或说是“今人”——做出了表率；同样也为那些野蛮的反犹太主义者树立了样板：应该怎样戴着白色的手套、翘起小指去触碰奥斯维辛……

宏伟的事情只有以宏伟的方式在宏伟的时代中经历，然而，一个时代之所以宏伟，是因为在宏伟的风尚中度过。

“摩登”并不是年轻时代的风尚，而是老年时代的。它不是开始，而是最终的表白。我们以杜尚为例，他的作品从完全的写实发展到完全的抽象，之后又以临终前的倒数第二幅作品变成了后印象派风格。从这个角度上看，艺术就像一个胚胎，在来到这个世界之前，必须经历所有的发育形式。

我在这样的一种幻想、重大的觉醒和内心的体验中度过了四五年，现在看来，一切都徒然无济；然而，精神生活一旦被理智替代，一个人就开始衰退，最终理智也将成为牺牲品。

任何事物都不会完美，由于完美的实现也只能通过不完美的手段去想象，所有完美本身也会不完美。

我忧郁地站在窗前：看到一堆毛茸茸、脏兮兮的怪物正在街上蠕动，好像一片正从泥土里钻出的毒蘑菇，它们就像害虫一样地爬着，窥伺着猎物，它们像是一种来自其他星球的动植物，遵循着自己让人不解的生命法则。

黎明，一阵轻微的心绞痛：由于身体原因，灵魂遗弃了我。

现在，我想起今年春天的一场灾难性暴雨。确切的地点，是在威尼斯与米兰之间的一条公路上，在那里，每天都有暴风雨等候着人们，好像是一场致命的约会。在克拉根福一带洪水暴发，正像圣经里所描绘的正午的黑暗，一辆像恐龙一样庞然挡在我们前面的大货车的红色刹车灯透过前面的挡风玻璃，忽明忽暗地映在 M 满腹狐疑、聚神凝思的脸上。雨已经不像刚才那样瓢泼倾泻，但是，在暗夜静止不动的空气里，大量的积水聚成一柱柱水流直泻下来。在尼克尔斯托夫[1]，由于M将车稍稍开过了边防哨岗楼几米，于是奥地利边防军命令我们从车里出来，站到四溅的流水里；皮靴的后跟在岗亭前往来晃动，他们叫喊着拦住了我们的去路，让我们在露天的大雨里再多淋一会儿。后来，也许，是在这之前？有一回，我追着一辆巴塞尔的电车奔跑，雨水从我的脖领流进了衣服里，鞋里也灌满了水。巴塞尔的绘画与雕塑极其丰富，令人流连忘返；剧院前的转动的喷泉湖，就像患了紧张症或者精神病似的躁动不停，喷水，吸水，量水，倒水，在水中转动的机械系统构成了一副令人叹为观止的景观，开向莱茵河的餐馆，既机巧掩盖了享乐主义的本质，又表露出其富贵奢华。这种富贵无疑将进行自我的保护。在我周围熙攘拥挤、色彩缤纷的"人之杂烩"也将保护它，人们也仅能以这种方式投身于这种经济大潮的泡沫之中，在这座文雅、内敛的城市深处，到处可以感受到来自四面八方的游牧者的现实存在，就如同在金星闪烁的水面下隐伏的海藻。我手里有一封萧沆[2]

1 Nickelsdorf，奥地利布尔根兰州境内的一个小村庄。

2 萧沆（Emil Cioran，1911—1995），罗马尼亚旅法哲学家，20世纪怀疑论、虚无主义重要思想家。

写给迪特尔·施勒萨克（Dieter Schlesak）的信：“对于西方来说，这一天无可避免，”他这样写道，“它将受外来工人的统治。未来，总是属于奴隶和移民的……”整个西欧都开始了自我防卫，在东部前线布满了宪兵——奥地利人。但是，从没有人有提出这个疑问：除了金钱之外，他们到底还要保卫什么？（莫非要保卫的是在很久以前就已经不复存在了的西方文化？）与他们做出的有效的自卫相比，其自卫的方式——准确地说，其自卫的手段——对所剩无几的西方民主造成了更大的损害。西欧这种自闭的恐慌重又娩出了阿道夫·希特勒，重又造就了程度不同的偏执狂。金钱与权利的拥有，将与社会的彻底堕落相呼应，只要能够救出可以救出的东西，最终又将以新的极权主义和新的社会灾难作为代价从而寻求避难所，但是，这究竟是一种什么样的“避难”？这将是一种什么样的极权主义呢？以后谁能说出，这种充满威胁的意识形态将会拥有何种思想性，将会拥有何种至今尚未尝试过、至今尚未失败过的手段呢？想起索洛图恩（干燥而温和）的夜空，我与瑞士作家B·彼得偶然相遇，他将我带到一个坐落在一个童话式街区的童话式小酒馆里，我仿佛置身于七个小矮人的童话世界里，出于醉意，他斜歪着嘴角、瞪着惊恐的眼睛解释说，法西斯主义很快将要获胜，很快将要统治整个世界，不过，这个法西斯主义不是从德国开始……他就这样极度悲伤地谈了至少有半个小时之久，我完全赞同他的观点。随后，在这个温和的夜里，在索洛图恩梦境般的背景之间，我们四位饱受打击、无家可归的文人溜达了很长一段路，最后瑞士作家终于挑刺地说这些中世纪、巴洛克和洛可可风格的小房子里没有任何人居住。他解释说因为居民们买不起这里的住房，这里所有的房里都是各大办公室、银行、富裕大型企业的代表处安家落户……我当时感觉到，这个世界已经在谎言中变得老残，现在只是等着最后那慈悲的一刀，然而就在最后一刻，通过用巨额"红包"的贿赂，并借助于某种藏着隐语的慌乱手势，总能一次又一次地推迟，总能无限期地拖延。但是总有一天，哪怕仅是唯一的一次，他再也付不起钱……

作家K写过以下这段话："我的出发点到底是什么？我不知道。我们的存在是一个如此严肃的事实，我们不仅不想知道，我认为，我们根本也不可能与之素面相对。我时而怀着敬畏，时而怀着嘲讽，时而怀着震惊，我甚至承认，时而怀着少许的困惑地惊诧于我们的无知脆弱、容易犯错以及我们无法把握的勇敢（或说是‘无能为力’？）。总而言之，我们竟敢这样活着……”

经过稍许的思索，他补充道：“我的生活，我所谓的‘职业生涯’总是要在自己将自己当作另一个什么人的情况下（而不是作为我自己）才能够进行，才可能有所行动（当然，也许我并不知道我自己是谁——而且，最好把‘也许’替换成‘因为’）。我从来不能与自己的境遇以及真实生活一起成为一个名副其实的个体——而且，这里所说的‘真实’一词又拖着一个巨大的问号，因为当我将自己当作另一个人时，我的想象和我的创造却是‘真实的’，而且比真实‘还要真实’，因为，它们最终创造了真实。”

这里，他在说完这段话之前，又稍稍喘一口气：“的确，在许多时候，与所谓的‘现实’相比，我自由的欲望会更加强烈；最后对之进行客观的评判，当然绝大部分是出于幸运，但是几乎与现实的自然属性并无区别：由此看来，自由的欲望是一种这样的能量，它的真实性并不少于我们所面对的这个完全真实的世界。”

现在什么也不说了，看得出来，他刚说的这番话与他一开始声称的“存在的严肃事实”已经足够了，因此我不想对它进行矛盾的辩驳（因为我对一些想法还有所保留）。

“如果仅仅一天的话，地狱的恐怖尚可忍受；对于这种恐怖，一天的时间就足够了。”（维特根斯坦）

只有半个小时，我就已经受够了。

而A，我可怜的妻子呢?

我们坐在被称做“CT扫描室”前的候诊厅里。那是8月的第一天，气温炎热。我们等了几个小时；在这个特殊的地方，在沉闷的空气之中，我可以觉察到我的凶兆，无论是在肉体还是精神上我都竭尽全力，试图营造并保持某种日常的感觉、某种平素的镇静。

她被叫去进行颅脑检查之后，大概没过十分钟就得到了结果。

在隔壁一个令人生疑的小房间里，一位金发戴眼镜的年轻医生伏在一张纸单上，告诉了我一个恐怖的消息。他的语调匆促、客观、不容辩驳。

我跌跌撞撞地回到家，收拾一些一个人在人间最后一段路途上所需要的东西：睡衣，牙刷，拖鞋……

在这几个星期，我持续不断地记录下那些我生存其中的现实，而这些札记，却与那些我生存其中的现实毫无相似之处。

我永远不会知道自己到底该怎样熬过这些恐惧与痛苦，最终，我甚至对自己的真实本质也全然不知。我的现在，已经奉献给了自己的回忆：在未来的日子里，我将对自己“当前的当前”的每个思考、每个行为进行评判，就像暗下的毒药，渗入显而易见的某种欺骗性的伪造。这些东西也需要如此这般地记录下来：生动地再现过去所做过的背叛，以及为了自我生存所忍受过的、无法洗刷的耻辱。人们迟早会在这种境况下找到自己，迟早会为了自己受到死亡吞噬威胁的生存而进行生死的决斗。首先，我们要告之所染上的致命疾患，了解其想法，然后，我们默许地交到专业人员手中。从某种意义上讲，我们将变成杀人犯，极少有人能够摆脱这样的命运，也许只有孤独者和独行者……但是，即使他们也曾有过父亲母亲，他们的父母从垃圾筒的盖子下跟他们说话。我们要记住的是：这种状况酿造了这样一种体验，而这种体验会诞生出这样一种想法，从而形成了现代化的生活方式。死亡——准确地说，是走向死亡——在很久以前就已经是一个问题；但是可以这么讲，那只是一个自然的问题。在现代生活里，它却总以某种形式使人联想到奥斯维辛集中营；奥斯维辛总以某种形式站到现代生活的前台。

有一天我会意识到，随着这种死亡，我的死亡也将开始。我拐进一条小巷，这是一条更适于标在“费伦茨城区[1]”边缘的小巷，然而，这条小巷又确实位于国家歌剧院附近，并将安德拉什大道与国王大街[2]相连：在沃什瓦里·帕尔（Vasvári Pál）大街上，在一座摇摇欲倾、屋墙断裂、正从年代久远的伤疤里渗血的房子跟前，时间骤然倒流，我开始……在这幢房子的一层[3]，有一家住房使我联想到“一套十分简陋的公寓房，位于室外悬廊上冰冷的厕所至今让我记忆犹新……”从那时起算起的三十八年之后，从现在算起的四年之前，我在题为《英

---

1 费伦茨城区，即布达佩斯八区，是城里比较破旧、脏乱的城区，吉普赛人相对较多。国家歌剧院位于六区的安德拉什大道边，是繁华、高雅的文化区。

2 安德拉什大道（Andrássy）是布达佩斯历史悠久的中轴大街，直通英雄广场，被联合国教科文组织列入世界文化遗产；国王大街（Király）与安德拉什大道平行，二战前，这里曾是犹太人聚居的商业街区。

3 匈牙利将与街道相平的楼层叫“底层”，因此“一层”实际是我们所说的二层。

国旗》的中篇小说中这样写道。当时正值冬天，1953 年至 1954 年间的寒冷冬季。我怎样才能描述我们当时的生活？怎样才能描述当时那种怀疑一切的情绪与状态？怎样才能描述那种完全不真实的事情——或说是那种根本就不可能的事情？在 1953 年 9 月 14 日的夏日夜晚，我们在一家小咖啡馆里相识，之后一起在我租住的位于当时洛戈迪大街（Logodi）内的房子里过夜……当时我二十四岁，她三十三岁。我刚从纳粹的集中营出来，才幸免于“终极解决”，接着又从苦难的“50 年代”无可慰藉的深渊中逃出——不过，当时这所有的一切并未露出任何的迹象，与其说是以毁灭的方式影响着我，不如说是给了我灵感。她也作为难民从战争中幸存下来，她的全家惨遭屠杀，家里的财产（遗产）被洗劫一空；之后又重蹈覆辙，在那些“摆样子的公审案[1]”的开始，她的丈夫遭到拘禁，钱和财产都被充公，最终，她自己也被关入了牢房，在监狱和拘役营中作为囚徒苦熬了一年，这一些都致使她与自己作对，并将自己拥有的自信击得粉碎。和她一样，我也是个沉沦者，所有的自信都被击

1 指极权国家为了达到某种目的而有计划举行的公审案件。

碎，为了一个自己从未犯过的神秘罪责而自我惩罚。反正我们两个都在继续各自的狱中生活，现在则是彼此为伴，因为我们只熟悉监狱，只以监狱为家。就这样，我们就跟那些在监狱里相识的人一样地在彼此身上找到了归宿：我们的关系是“狱友的团结”，是对承受严峻考验的准备以及看不到未来的彼此依傍。然而，这些只不过是文字的记录、表述和注释，为了更好地注释我们的关系，总是需要将场景放置于一个第三个维度中：在这里总缺乏某种难以言表的秘密，两个人都拥有与对方不同的、封闭的内心世界。我恍然悟到，这个世界不再存在，最多只存在我的记忆里。然而，这些记忆现在仅是我自己的记忆了，我徒然寻找它们的文证、物证及其第二个维度：也许，我根本就未曾真正活过，也许什么都不曾是真的。她走了，并且带走了我生命的绝大部分，她带走了那段时间，在那段时间里，我的创作从开始到完成；她还带走了一段岁月，在这段岁月里，我们是如此相爱地生活在一个并不幸福的婚姻里。我们的爱，就像一个满面笑容、张着胳膊奔跑的聋哑孩子，慢慢的，他的嘴角弯成了哭的模样，因为没有人能理解他，因为没有找到自己奔跑的目标。我不但辨认出那些证据，并且为之感到晕眩：在一个短暂的瞬间内，过去的一切，可以完全变成那个我们所称为的“过去”；那些生活曾创造并完好保存了一段时间的很久很久以前的物品、体验、声音和画面，现在变成彻底被人遗弃的旧物，已经彻底脱离了活生生的生命之源。我的故事从我身上剥落，犹如一个在过去与将来之间失去了重心的人，突然从时间的轨道里滑脱。以后，我将从这个坍塌的废墟中爬起，将跟随那个陌生而坚定的召唤和那个从将我包绕的大雾后面传来的、重新呼唤生活的声音。然而，就在这一刻，我仿佛站在生与死的门槛上，什么也不知道，什么也不理解，身体向前冲着死亡，而头却回望，朝着生活的方向，我就要迈开的腿迟疑地抬起……将要去哪儿？去哪儿都无所谓。因为，这个将要迈步前行的人已经不再是我，而是另一个人……

[译后记]

约会柏林

余泽民

1

2007 年 8 月 15 日，星期三。

驱车驶离慕尼黑时，已经傍晚七点半。尽管我和艾丽卡很想在英国公园内的中国塔前喝一大扎啤酒，尽管浑身浸透了巴伐利亚田园让人不喝也醉的微醺，尽管慕尼黑美术馆正展出难得一遇的吉尔伯特与乔治作品展……但这座城市还是未能留住我。此时纵有千百般诱引，也不可能让我错过明日的约会。

从慕尼黑到柏林有两条距离相近的高速路，少说也都有 580 公里长。途中，可怜的“斯柯达”除了在纽伦堡城外加过油外，四只轱辘几乎一秒都未喘歇过。在加油站，跟玛格达女士通了个电话，告诉她我们今晚赶到柏林，打算在城郊过夜，明天上午可以进城。老人听了十分高兴，说她丈夫刚才还念叨：自打四天前我们从布达佩斯出发，再没接到过我的电话，担心我的行程有变。

“伊姆莱明天上午十点要见一个人，之后去我家附近的凯宾斯基饭店为艾斯特哈兹订房间，他周六要来柏林，如果你能在柏林多待两天，还可以见到他。凯宾斯基楼下大堂就有家咖啡馆，环境很好，我们就约好十一点钟在那里见吧。”出于礼貌，我在电话里敬称“凯尔泰斯先生”，她则亲热地直呼丈夫小名“伊姆莱”。随后，她让我记下约会的准确地址，叮嘱我们“夜里开车千万小心”。玛格达说话干净利落，亲切和悦。经过这几年迫不得已的锤炼，显然她早就习惯了自己“诺奖作家夫人兼秘书”的公共角色。

玛格达在电话里提到的艾斯特哈兹·彼得是他们夫妇的密友。据说2002年凯尔泰斯获奖那届，在文学奖提名的正式名单上有三位匈牙利作家——凯尔泰斯、纳道什和艾斯特哈兹。后来我不仅翻译了艾斯特哈兹的书，现在还成了纳道什《平行故事》的译者。能通过文学翻译进入几位名副其实的大师的生活，实在是我的幸运。

路才走一半，天就黑了，地平线上的一抹紫霞逐渐抻细，新月珠贝般的光晕均匀瓷白。汽车在越来越暗、越来越窄的天地夹缝间疾驰，我瞅了一眼坐在身边的艾丽卡，忽然想起《另一个人》中的一句话，“在克拉根福一带洪水暴发，正像圣经里所描绘的正午的黑暗，一辆像恐龙一样庞然挡在我们前面的大货车的红色刹车灯透过前面的挡风玻璃，忽明忽暗地映在M满腹狐疑、聚神凝思的脸上……”

两边的山林阴森如墨，迎面的车灯格外晃眼，CD机里轮流演唱的齐秦和弗雷迪·默丘里早已疲惫，可是我不仅不困，反而更兴奋，眼睛盯着永不可能抵达的道路尽头，脑子里预演着明天已期待了四年多的约会。

2

2002年10月10日13点01分，是让全世界“惊喜交加”的新闻时刻。瑞典皇家文学院宣布，将2002年度诺贝尔文学奖授予一位名叫凯尔泰斯·伊姆莱的匈牙利作家，以表彰他以自己极具个性的文学创作，揭示了人类恐怖的堕落与沉沦，通过他的作品“对脆弱的个人在对抗野蛮强权时痛苦经历的深刻刻画”。

就在这一刻，几乎全世界人都在相互询问：谁是凯尔泰斯？

两周之后，远住北京的家人几经努力，帮我与作家出版社的年轻编辑朱燕和郭汉睿取得了联系，她们不仅请我推荐凯尔泰斯作品，协助联系版权，而且将翻译工作委托给我，这让我既兴奋又紧张。当时，我虽然开始阅读并翻译匈文小说，但完全是出于文学爱好和语言训练，正式给出版社翻译书还是第一次，更何况还是诺奖作品。

但是谁是凯尔泰斯？不要说我，就连我周围的许多匈牙利人都没听说过，他们互相询问这个让他们感到骄傲的陌生名字。戏剧性的是，另一位名叫“凯尔泰斯·阿库什”的作家的小说在书店里被抢购一空，人们后来才弄清楚：原来获奖的并不是他。

经过打探，我在布达佩斯二区找到了作家的空巢。那是一栋再普通不过的五层板楼，听邻居讲，作家大部分时间住在德国，只偶尔回来。邻居们知道的凯尔泰斯，是一位深居简出、和蔼平易的老人，至于写过什么，谁都没读过。凯尔泰斯获奖的消息，使这幢居民楼变了个样：楼长屋里等着请作家签字的书已堆成小山，寻踪问迹的记者络绎不绝，楼里的家家门口、楼道走廊上都摆满了鲜花，期盼作家的归来。

接下来的几个月里，电视、报纸、杂志，到处都能看到作家那副可以把世界融化的笑脸，可以看到那双拥抱世界的大手；到处听到的是人们谈论他的幸运和对他一夜成名的惊叹与嫉妒，甚至有自称“凯尔泰斯朋友”的人给媒体写信，指责凯尔泰斯年轻时剽窃了他的一部音乐剧……作家笑言：“我必须要站在媒体宣传和记者群中。成功也要付出代价的。”但是，不要忘了，这位72岁老人度过的，是72个寂寞的365夜；在这位耄耋之年的幸运儿背后，难道仅仅是人们看到的幸运？

在一次跟朋友海尔纳·亚诺什闲聊，偶然得知我在几年前就曾在《撒旦探戈》的作者克劳斯瑙霍尔考伊·拉斯洛[1]的家庭聚会上见过凯尔泰斯。经朋友描述，我隐约记起一位满脸微笑的魁梧老人，但惭愧的是那时我既不知道他是谁，更没读过他的书，更不曾料想他与我有命中注定的文字缘分。

---

1 克劳斯瑙霍尔考伊·拉斯洛（Krasznahorkai László，1954— ）匈牙利当代著名作家，1985年以长篇小说《撒旦探戈》轰动文坛。

更巧的是，当时我在主编一份华文的《联合商报》，报社办公室的房东不是别人，恰是凯尔泰斯作品匈牙利出版社社长莫尔查尼先生的丈母娘！这样一来，我不仅顺藤摸瓜地找到拥有凯尔泰斯著作版权的德国代理，还搞到了作家的作品和资料。

1929 年 11 月 9 日，凯尔泰斯出生在布达佩斯的一个并不信教的犹太家庭，祖父早年从巴拉顿附近的一个小镇步行到首都开始经商，父亲也是位并不富有的木材商；母亲那支来自克卢日—纳波卡（匈牙利语为科洛日瓦尔），1917 年被罗马尼亚占领时一家人逃到布达佩斯。据作家自己回忆，他很不喜欢自己的童年，一是由于父母离异，二是曾被送进寄宿学校，他说自己从小就背负了深深的自罪感，继承了犹太人独有的沮丧和代代相传的苦痛。“我的祖父母还依照旧俗，在每个星期五的晚上点燃安息日蜡烛，但他们的名字已经匈牙利化了。对他们来说，很自然地将犹太传统视为宗教，将匈牙利视为祖国。我的外祖父母死于大屠杀；祖父母的生活则被拉科西式的共产主义所摧毁，犹太人被迫迁居到匈牙利北部边境地区。我觉得，这一简短的家史浓缩了、象征了这个国家痛苦不堪的近代历史。”

1944年初，凯尔泰斯的父亲被宪兵抓走，后来死在了位于奥地利境内的纳粹集中营。同年夏天，十四岁的凯尔泰斯也在一次去钢铁厂当童工的路上和几个小同伴被宪兵拦捕，先后被投入布痕瓦尔德和奥斯维辛集中营，直到1945年被美军解放。从集中营幸存下来，他没有听从美国人的建议去西方，而是自愿被交到苏军手中，怀着憧憬回到家乡。1948年中学毕业，他先后在《光明》和《布达佩斯晚报》当了两年记者，开始了文字生涯。1951年后，凯尔泰斯先后当过工人、编外记者、自由撰稿人和文学翻译，后来他翻译了尼采、维特根斯坦、弗洛伊德、霍夫曼斯塔尔等德语哲学家的大量著作，这些作家对他的思想影响很深。1975年，他的处女作《命运无常》经过十年周折才得以出版，从此开始了孤独的思想跋涉。

当然，这是可以通过媒体手段了解到的、编年史上的凯尔泰斯，而当作家本人站在斯德哥尔摩的颁奖台上时，却坦白道出了另一个更接近真实自我的自己：“自从我登上飞机前来斯德哥尔摩领取本年度的诺贝尔文学奖那一刻起，我就很不习惯地感觉到，有双漠然观察者的锐利目光尾随着我；在这盛典时分，当我突然变成公共视线的焦点，我却感觉自己与那位冷静的观察者更为贴近，而不是这位一夜之间拥有了全球读者的获奖作家。”

的确，在我着手翻译凯尔泰斯作品之前，我对他的了解也只局限于那个喜形于色的获奖作家，而那个尾随在获奖的凯尔泰斯背后冷静观察的凯尔泰斯，对我来说仍很陌生。

3

2002年底，我开始为出版社翻译中篇小说集《英国旗》、电影文学小说《命运无常》、日记体小说《船夫日记》《另一个人》等四部作品，之后近两年的日日夜夜，我都是伏在电脑键盘上熬过的，困了趴下打一个盹，醒了睁眼继续敲字，几乎不脱衣服不洗澡，身子平躺成了一件奢侈的事。

《命运无常》取材于作者少年时代在集中营的经历。在人性匮乏的世界里，主人公以单纯之心屈辱求生：将被捕当作“捉迷藏”游戏；将空袭欣赏为“圣诞树上的彩灯”；将集中营内的绞刑理解为“对违反游戏规则者的处罚”；在日复一日的“灰色工作日”里，他期盼那

“最可爱的一小时休息”；他观察密密麻麻的虱子在伤口里聚餐，那痛苦的躯体似乎并不是自己的……“即使在集中营里，即使在如林的烟囱旁，也曾在痛苦暂息的时候有过某种与快乐相似的东西”。“生存即屈从”，这是凯尔泰斯阐述的、多灾多难的犹太民族以及所有在野蛮暴政下忍吞了无数灾难的人们的生存法则。在他的“屈从哲学”里，闪烁着现实、勇敢、顽强的生命之光。“悲观主义，是一种勇敢”，对于弱小个体来说，自我的放逐是一种求生。

1991年出版的《英国旗》是《命运无常》的续篇，描写了“我”在冷战初期的心灵磨难：从集中营回到解放了的祖国，结果坠入另一个不带铁丝网的集中营。无休无止的运动、批斗、逮捕、审判，“在监狱或者拘留所的走廊上，那些双手背后、脸冲着墙站立的犯人，就像细菌一样疾速地繁殖……甚至可以这样说：就连监狱之外的所有人——而且是不分男女老少的每个人——实际都是这座监狱里的囚徒，只不过是被视为‘无期假释’而已。”

在不允许思想存在的年代，他“游离在一个可以用语言表述的、一个可以维持自己生活现实的世界之外”，他放弃了传统意义上的文学写作，开始了非语言的表述冒险。对他来说，“表述”不只是纸上的写作，还包括“无须表述的、哑然的生活本身”。

《船夫日记》和《另一个人》取材于作家 60 至 90 年代的日记。“至今为止，在这个地方谎言一直是真理；然而今天，就连谎言也不再真实了。”冷战时期，面对强暴的专政机器，他用哲学家的幽默深刻地讥讽。后来东欧剧变，凯尔泰斯经过一个兴奋、憧憬、困惑和失落的过程之后，环顾四周，发现人们正兴奋地用金钱建造一个不仅拆除了电网甚至取消了国界的新集中营，在那里，“人们在战争的废墟上建设起一个和平的废墟”。

柏林墙倒塌之后，凯尔泰斯开始了自由的身心放逐，《另一个人》记录的就是这段行走的生活，这是他有生以来第一次“行动”。他先后去了奥地利、法国、瑞士以及圣城耶路撒冷，但最终令人不解地选择了柏林，并视之为自己的第二故乡。

4

2007 年 8 月 16 日，星期四。

“斯柯达”驶进柏林城时，已是凌晨一点三刻。由于迷路，车子在城市的外环上转了一个小时，才确定了一个进城的路口。尚未看到城市风景，但是单从围着它驱车的时间以及在这段时间内我脑袋里所搜集的所有关于它的记忆，就足以让人感受到柏林的分量。这次来柏林有三个目的：一是拜会凯尔泰斯，二是走走柏林墙，三是看一眼电影《柏林苍穹下》中天使俯瞰人间的那座高塔。但从历史的层面讲，这三个目的其实是一个。

有不少人不理解凯尔泰斯：他为什么一辈子只写集中营这一个题材？移居国外，他为什么偏偏选择柏林？几个月前，当我得到凯尔泰斯约我去柏林会面的邀请时，脑子里也闪现过这个问题。我猜，他选柏林，或许由于德意志民族深刻的反省与救赎之心。要知道，作为一生控诉纳粹罪行的匈牙利作家，恰恰是在德国图书界的力荐而顶上诺贝尔奖桂冠。当然，所谓的“宽恕”是最容易拣拾、最合乎逻辑的桌面上的理由，对作家本人来说，答案绝非如此简单。

对我来说，翻译凯尔泰斯的作品是一个发现的过程，是一个揣着魔匣、尝试表述自我存在的心灵冒险，在这近乎自虐的过程中，我感到一种经过疲惫、费解、沉重和那种窒息后的喘息和理解后的兴奋。在自己并不能算短的漂泊中，在自己异邦生存的体验中，从未感到竟会与另一颗同在这个世上漂泊的“另一个人”的心灵如此贴近。

文学翻译不仅要求意思准确、语言流畅，还要不失真地传达作者的文字质感、语速节奏和情感力度。比如他在描述1956年“匈牙利革命”失败后苏军坦克出现在布达佩斯街头时写道：“每辆坦克在继续行驶之前，都要发出一发——哪怕仅仅一发炮弹，似乎要比一个万一可能浮现出来的闪念还要快，每辆坦克开炮的位置、方位和靶心都一模一样，就这样，一辆又一辆的坦克一连几天将炮弹射向同一栋年久失修了的装饰派风格居民楼一层的外墙上、窗户上和房内墙壁上，这个一天比一天逐渐扩大的窟窿，看上去就像一具尸首临死前惊惧张开的嘴巴，现在又被人逐个敲掉了全部牙齿。”在凯尔泰斯的作品里，不仅充满一页一个句号、读起来令人窒息的复杂长句，更充满精准深邃、触撼灵魂的哲思。他像位冷静的科学家，以上帝的眼睛捕捉、记录下散落于日常生活中的思维碎片，近乎残酷地展现了自己每个神经末梢的真实冲动。熬过两年的无眠日子，我感到如释重负的安宁，仿佛是在另一个星球里，突然听到了自己的语言——而这种语言，自己却从未听到过，更不曾使用过：

“不管你相信什么，你都会死掉；但是，假如你什么都不相信的话，那么对活人来说，你已经死了。

“也许，我们之所以能够承受生活，是因为这个生活竟如此的不真实；另一方面，因为意识总在不断地窥视所谓的真实，它渴望真实。

“摩登，并不是年轻时代的风尚，而是老年时代的。它不是开始，而是最终的表白……艺术就像一个胚胎，在来到这个世界之前，必须经历过所有的发育形式。”

当我翻译完这一系列重如磐石的作品后，我恍然意识到：自己原来是一个聋哑的孩子！我突然发现：自己翻译的竟是另一个孤独的聋哑孩子的语言。

凯尔泰斯认为，他是作家凯尔泰斯的合著者；我作为译者，则是他俩的合著者。我对凯尔泰斯确实怀有这种感情。尤其当我一边为生存挣扎一边蹲在二十四平方米的小屋内翻译凯尔泰斯在同样窘迫中、囚在同座城市互不相望的另一间二十八平方米的小屋内写下的四部作品时，我甚至在时空中也感到一种欣喜的神契。正是这种“亲历”，最终使我在阅读自己的译文时，恍惚听到了作者的嗓音。

从这种意义讲，天亮后我将要拜会的并不是别人，而是我自己的——或者说是我存在于别人身上的那另一部分。

5

进到柏林城后，我落脚在遇到的第一家旅馆。让我惊喜的是，客房不仅带淋浴、空调，而且还有单独的门厅、客厅，总面积不仅比在慕尼黑的大一倍，且便宜一半！不过，从窗帘的颜色、地毯的质地、家具的样式以及墙缝里散发出的烟味判定——这里是“东德”。估计这栋楼曾是某国有企业的职工宿舍。尽管德国已经合并了十几年，但那道坍塌的墙，会像幽灵一样伴随这座城市许多年。

安顿好后，我下到大堂要了市区交通图，旅馆位于地图之外。服务生安慰我：这里离市中心顶多不过 15 公里。我问：凯宾斯基饭店在哪儿？小伙子皱着眉摇摇头，他对市区也不熟悉。不过，为了表示对游客的热情，他主动用红笔在地图上划了三条线，说那里有保留的柏林墙。根据他标的柏林墙走向，我证实了自己刚才的判断。从东德进入柏林，虽然不是计划的路线，但似乎也是“冥冥注定”。我曾在凯尔泰斯的一篇散文里知道：1962年他第一次来柏林，也是从东面接近的柏林墙。

关了灯，躺在床上，暗示自己快点入睡。离天亮只有四个小时，出门时我不想携带任何疲惫。四周很静，街上无车，路灯的光束投在墙上，仿佛是投自电影院的后窗。虽无图像，更无情节，但在我的视网膜上却迅速切换着一个个场景、一幅幅图片，还有老人那张熟悉的我提笔可以画下来的慈善面孔。第一次见面时我们寒暄了什么，我早忘了；但第一次通电话的内容，我记忆犹新：“您的匈牙利语讲的真好……谢谢您翻译我的书，不容易，是吧？”

当时我握着话筒突然不知该回答什么，应该道谢的是我，因为翻译他的作品，是我人生的一个重要转折。借用他的眼睛，我审视生死；借用他的悲悯，我体贴世人；借用他的倔强，我任性孤行；借用他的语言，我剖白自己。阅读、翻译和写作，在我身上融为一体；表述生存，是我身体的内源光。

我知道，凯尔泰斯的写作也曾从哲学翻译中汲取营养；我还知道，他也曾有过漫长的潦倒岁月，他也曾译过不少对他来说无趣无味的东西以平衡平时的琐碎开销。有一回，我在多瑙河边的一家旧书店里翻到一本封面打卷儿了的流行小说，一个瑞典人写的《孩子岛》。匈语译本是1983年出的，译者竟是凯尔泰斯，我如获至宝地买下来。时过不久，我在另一家旧书店又买到一个封面不同的再版版本……当时的感觉，像是跟踪自己暗恋的人。我买下它，并不为阅读，而是为纪念，用这个自己的"发现"来激励自己。当我将这两本书与凯尔泰斯的著作及我的译本并排摆在书架上时，我感到一股不愿与人分享的了解的喜悦和理解的温暖。看着这些肩并肩的书脊，它们好像长在了一起。

因有情感的牵系，才会有细节的触动。我翻译《另一个人》时，遇到过一段老子的话，让我兴奋的是：凯尔泰斯特别标注，这段话引自汉学家考拉琼的《道德经》译本，而那个译本恰好是我与译者合作的，书中的毛笔字都是我写的。这些小事，说起来牵强，但对我来说，是与凯尔泰斯的默默靠近。我留意所有关于他的消息，对他的采访，写他的文章，他的新作、电影和行踪。

不久前我在国内，他托艾丽卡送给我四本有他亲笔签字的作品：一本的扉页上只有签字，另一本一笔一画写了我的名字，第三本特意加上了“爱”字，第四本的签字不仅写在小说正文的第一页，而且写的是“热烈的爱”。通过这些签字，我不仅能够想象出老人签书的顺序和场景，并能感受到他当时暗涌的温情。这四个签字，是从握手到拥抱。

今天就能见到他了，我该叫他“凯尔泰斯先生”，还是“伊姆莱大叔”？

天快亮了，可我还是睡不着。窗外车辆驶过的频率越来越密，脑子像是翻了车的车轮，嗡嗡空转。

6

醒来时吓了一跳，客房里阳光四射，我以为这一觉睡到了中午，其实还不到九点钟。匆忙洗漱，收拾东西，试了几身衣服之后，决定穿一条白裤子配蓝衬衫，出门前反复照了好几回镜子。我相信老人会喜欢我的，但我仍跟孩子一样，偷偷地希望能让他更喜欢些。

九点半出门，我们拿着地图，事先查好了要走的路线，当时还没有 GPS 导航。夏日的清晨空气清爽，道路潮湿，昨夜刚刚落过小雨。汽车沿着主路前行，我脑子里演习着与老人见面的微笑、握手的力度和问好的声调，还有见面要说的话。对一位七十七岁的作家来说，他的时间比我的宝贵。

听说老人明年计划出两本书，一本对话式的回忆录《K档案》，一本从未发表过的短篇小说集。在我来柏林之前，凯尔泰斯的编辑哈夫纳·佐尔坦就将两篇小说发给了我，一篇是写于1967年的《世界公民与朝圣者》，另一篇是写于1978年的《长椅》。说来又是一件巧事，说话轻声细语的哈夫纳，是我1991年刚到匈牙利时就在塞格德结识的朋友，1997年我搬到布达佩斯后就跟他失去了联系，不久前才从朋友那里得知，出版社委托他专门帮助凯尔泰斯做文字工作。

《世界公民与朝圣者》的写作时间与《命运无常》同期，通过对《圣经》中该隐与亚伯故事的扩写，揭露了人类与生俱来的嫉妒、狡黠、残暴与憎恨的不善本性。“人的手掌强硬有力，将神攥在了手心里”，就连创造人类的上帝都无可奈何。当时作者只有三十八岁，便巧妙地借助《圣经》之口指出大屠杀是人类堕落本性的结局。凯尔泰斯发现：大屠杀也是一种文化，自人类诞生就从未中止，集中营将大屠杀发挥极致，成为艺术。

《长椅》写于冷战中期，当时匈牙利一场运动接一场运动，所有人都丧失了自由的权利，所有人都生活在恐惧之中。小说中的长椅，比喻了惊魂不定、丧失自我的怯懦奴性，他丢开长椅，承认自己是个“赋闲的罪犯”，然后用“请病假”的方式争取有限的自由，这恰是诺奖所褒扬的凯尔泰斯式的抗争。通过这两篇早期作品，我看到一位有良知、不流俗者的坚定执著。四十年来，从他的第一部作品到最后一部，步伐从没有毫厘的偏移……

我就这么一路想着竟走了神，忘了拐弯，汽车径直开过了施普雷河，被堵在一个工地的街角。看了下表，急出一头冷汗——现在离目的地不仅很远，而且要穿过整个闹市区，离约好的时间只有十分钟！艾丽卡赶紧拨打凯尔泰斯家的电话，玛格达女士说，老人刚刚下楼去了饭店，她马上打手机叫他回来，并将见面的时间推迟到十一点半……但是让我难堪的是，堵车，迷路，当我们上气不接下气地从隔壁街内的停车场跑进凯宾斯基饭店大堂时，已经差一刻十二点！

两位慈祥的老人坐在圆形的咖啡桌后，一同起身冲我微笑。玛格达一边跟我握手，一边不无嗔怪地笑道：

“能让诺贝尔奖得主等四十分钟，你也可以获个奖啦。”

看到我满头大汗的一脸窘相，凯尔泰斯温和地安慰我：“柏林要比布达佩斯大多了，第一次来这儿约会的人，没有不迟到的……”老人穿了件熨得平整的浅黄衬衣和白色西裤，面色红润，笑容和蔼，手掌宽厚，握手的时候沉稳有力。没等我的“凯尔泰斯先生”叫完，他就打断我说：“别叫先生，就叫伊姆莱！”

我说：“那我还是叫伊姆莱大叔吧。”毕竟在我面前是一位七十七岁的老人，我怎么可以直呼其名。玛格达笑着挥了下手：“伊姆莱不喜欢别人叫他大叔，感觉太老。你就这么叫吧。”

“书带了吗？”刚寒暄完，老人就迫不及待地问我。中译本虽然出版了三年，可是他一直还没有看到过。这次我专程赶来柏林，就为能亲手送给他。我将准备好的一塑料袋书掏到桌上，一本一本地递到他手里。老人戴上老花镜仔细地翻看，感觉是自己的作品第一次问世。“你看，封面上印了匈牙利文……还有我的签字呢。”凯尔泰斯对中译本的装帧颇为满意，凑到妻子身边指给她看，并用手摸了摸上面烫金的签字。

“这下面写的是什么？”他指着书里一条注释好奇地

问。我回答说，由于他的作品里提到了许多中国读者不很熟悉的外国人名，所以我在翻译时加了许多注脚。他听后满意地用他粗大的左手摸着我的膝头，说他的书译成了上百种语言，只有中文版做得这么周到。

玛格达女士赞同地捧起《船夫日记》说："这本书我很喜欢，可惜许多国家并没有翻，连英语版还没有，不过在瑞士很受欢迎，仅这本书就卖了三万册。"我说，这本也是我的最爱，听万圣书园的刘苏里先生说，《船夫日记》在中国知识分子圈内也影响最大。

"我写的书，中国读者理解吗？"凯尔泰斯认真地问。

我说"当然理解"，中国人在二战中经历的南京大屠杀，相当于欧洲的纳粹集中营，所以中国人也是人类堕落的见证者。在中国，不仅《命运无常》销量不错，还能买到电影版的 DVD。至于另外三本书，对中国人来说更有共鸣，想来我们有过相似的历史遭遇，现在又面临同样的使命与冲击。我还告诉他，在北京书店里我还见到过《英国旗》的盗版书，我说："盗版虽不是好事，但有人盗您的《英国旗》，至少说明您的中国读者要比我们知道的多。"老人微笑着连连点头。

得知我除了翻译之外还创作小说，凯尔泰斯颇有同感地说："只有自己也写作的翻译，才可能是好翻译。对我来讲，翻译和写作是互动的。"我告诉他，我在上海的《小说界》杂志主持一个"当代外国小说家"专栏，介绍了不少包括匈牙利作家在内的欧洲作家，另外，我正翻译艾斯特哈兹·彼特的《一个女人》和《赫拉巴尔之书》……老人听了高兴地张开手臂拥抱我说："谢谢，谢谢您！彼特这个星期六就来柏林，我一定要把这个好消息告诉他！"

就在我感到老人臂膀的力量和怀抱的温暖的那一刹那，我的眼睛湿润了。我知道"幸福"这词已被世人用得很俗，但此时此刻，我只能用"幸福"描述。

7

先喝了一杯咖啡，又干了一杯白葡萄酒，我们的话题越来越多。从翻译谈到创作，从匈牙利局势到中国的发展，从对欧洲文学的看法到彼此的创作计划，转眼聊到一点多钟。若不是老人感到口干，而杯底已尽，恐怕还会一口气地聊下去。

"如果可以的话，我们一起吃午饭吧？我请客。"老人在跟妻子小声商量之后，热情地向我发出邀请。我不假思索地点头应允了，不仅为能跟老人多说会儿话高兴，更激动于作家夫妇对我的好感。按照欧洲人的习惯，只有关系很近的朋友才会发出这样的即兴邀请。或许，老人不想破坏已经酝酿好了的谈话气氛，提出留在咖啡馆用餐。玛格达立即客气地跟侍者商量，想来老人是这里的贵客，这一点请求不难满足。不一会儿，楼上餐厅的服务生就推着餐车来到咖啡桌旁，动作优雅摆好餐具，然后跟说天书似的用混杂着法语、意大利语的德语报起了菜谱。经过跟作家夫妇的几问几答，服务生带着恭敬的微笑转身离开……饭菜很快端了上来，但我们具体吃了些什么，我不是忘了，而是根本就没有留意。要知道，能在柏林跟凯尔泰斯夫妇共进午餐，这是我出发前没有设想到的幸运。

饭桌上的话题自然离不开美食。玛格达说，她在美国生活时，经常到当地的唐人街吃中餐，她最爱吃的是北京烤鸭；搬到柏林之后，也经常光顾中国饭馆。玛格达是一位身材结实、性情开朗的练达女人，上身套一件白色夏衫，下身穿一条蓝牛仔裤，言谈举止毫不做作。她笑着跟我抱怨说：自从她成了诺贝尔奖作家的夫人，再也不能口无遮拦，畅谈无忌。当然我明白，抱怨是女性的一种表达方式，在玛格达的话里，幸福的成分远多于抱怨。

生活中总有这样的巧合。就在这次柏林会面的几个月后，我由于参加拍摄一部关于中国的纪录片，结识了一位叫佐利的新朋友，谈话中得知，他竟是玛格达的教子，刚从美国移居到匈牙利。两年后的一天，佐利告诉我，凯尔泰斯夫妇从柏林回到布达佩斯参加玛格达孙子的洗礼仪式（玛格达女士和前夫有一个儿子），约我去教堂跟作家夫妇匆匆又会了一面。佐利很喜欢中国文化，先后两次到中国访问，这都是后话。

在凯宾斯基饭店，我注意到，即使当着客人的面，玛格达也甜蜜地叫丈夫“我的小仙子”，而玛格达滔滔地讲话时，即便观点有所不同，凯尔泰斯也会温柔、温暖地望着她。老人坐在我和玛格达中间，一会儿用左手摸摸我的膝盖，一会用右手攥着妻子的左手。看到艾丽卡拿起相机给我们拍照，老人拉了拉我，让我靠近一些，当我亲热地伏到他肩头与他合影时，他拍拍我的手说：“这样好，就该这样。”

8

谈话中，凯尔泰斯说："我们搬到柏林，实际是玛格达的主意。是她发现，或许我在陌生的地方更容易获得内心的自由，而这种自由，是作家写作的先决条件。最初我们只是租了套房子在这里小住，后来得到一笔半年的奖学金，半年之后，我发现自己恋上了这座城市……"

"为什么？"我终于有机会提出这个揣了许久的疑问。

"为什么，哦，"老人沉吟片刻，随后宽厚地笑了笑。显然，在我之前，这个问题已有许多人问过他。

"不久前，在斯德哥尔摩，就有位女士问过我：你为什么偏偏选择柏林？我当然明白，她暗指我的集中营体验。我没有直接回答她，而是说：'那代人已经死了，我不能把他们的罪过归到下一代身上，而是应该帮助他们正视历史。'我不知道我的回答是否令她满意，但这么严肃的问题不可能在饭桌上用一两句话说清。"虽然，我们也是在饭桌前，但凯尔泰斯还是继续解释下去："我从来没把纳粹集中营视为犹太人与德国人之间不可解除的敌意。如果那样认为，就太简单了。我之所以选择柏林，是因为我的主要读者都在这里，是因为我在德国成为的作家，我的作品首先在这里产生了影响。另外，还有我从年轻时就从中汲养的德国文化、哲学和音乐……现在，我只不过借用德国文化的工具，将艺术归还给德国人。”

“说心里话，我热爱这座城市。很长很热的夏日之后，秋天就像清晨的少女：清新、凉爽、充满欲望，仿佛是在策划着什么。柏林的路很宽，树很密，到处都是挤满人的咖啡座。当然，我也看到了柏林被那堵墙分割的另一个面孔……”说起柏林，老人的脸上洋溢出深情。

的确，柏林负载了沉重的历史，但正因如此，柏林人才有了如此深刻的自省。玛格达深有感触地说：“柏林是真正意义的世界都市，它的宽容，没有任何一座欧洲城市可以与之相比。在这里无论你是阿拉伯人还是美国人，犹太人还是东方人，这里人对你都是一样；古典艺术，先锋艺术，流行艺术，地下艺术，在这里同样都有观众和市场；同性恋在这里不但能结婚，还被柏林人选为市长……”

“对我来说，柏林是座文学之都，历史上始终扮演着东西欧文学的中介角色。19 世纪的俄罗斯文学，是先翻译成德文，才传到西方的；斯特林堡等许多斯堪地纳维亚的作家，也是从这里为世界所知。”凯尔泰斯重把话题拉回到文学："第一次世界大战后，卡夫卡从布拉格搬到柏林，在这里决定以写作为使命；许多中东欧作家也都是通过柏林之路，走向世界文学的。知道吗？'世界文学'这个词是歌德发明的。在布达佩斯，在我出生的城市，许多人都问我这个问题：你到底在柏林寻找什么？或许这样回答更干脆，在柏林，我找到了我生来本该享受的那种生活方式！"老人的最后这句话，道出了他为什么爱上柏林的根本理由——自由！身心的自由，文学的自由！

即便获了诺奖，夫妇俩还租住在一套小公寓里，没有买房，而是拿那笔奖金设立一个文学基金。凯尔泰斯自嘲地说："我这个人不适合当房主。"

接着，作家夫妇为我将在柏林逗留的两天做了一个详细的计划，建议我看刚刚开幕的达利美术展，看柏林墙和查理检查站纪念馆，还要看犹太街区的老屋和博物馆岛，还要去看布兰登堡大门和旁边的纪念大屠杀雕塑群……在我随身带来的柏林地图上，两位老人认真地圈圈点点。

准备离开咖啡馆时，已是下午三点半，若不是老人还有一个约会，我们还会聊下去。我还没来得及请凯尔泰斯签字，他先从桌上抽出我翻译的《船夫日记》递到我手里："请在这本书上写一句话，我要好好保存它。"我当时怔怔地望着老人，心里感动得无言以对。这是伟人的平易与谦恭。我在扉页上用中文写道："感谢您为包括我们中国人在内的人类的堕落作证。"当我讲这句话翻译给他后，老人连声说："写得好，写得很好。"

之后，我也请作家夫妇在《另一个人》的扉页上签了字，玛格达说："这是我第一次在伊姆莱旁边签名呢。"书已递回到我手里，又说了几句话，凯尔泰斯忽然想起了什么，又把书要了回去，翻开封面，重新拿起笔，在自己的签名下边认认真真地补写了一行："2007，8，16。柏林。"我注意到，他患有巴金森症的手微微发抖。

他叮嘱我说，以后翻译过程中遇到什么问题或需要什么资料，随时可以打电话找他。他说"记者的电话我可以不接，但翻译的电话我一定接"，并希望我以后能翻译即将出版的《K 档案》，他说书里的对话是他自问自答，或者说，是他跟"另一个人"的对话。

在大堂里告别，凯尔泰斯握住我的手说："谢谢你给了我们一段这样美好的时光！"

我再次被真情打动，约会柏林，竟然是老人先开口感谢我！我觉得自己的嘴好笨好拙，不知如何表达我的惊诧与感动。几乎同时，我们都从咖啡桌边站起，情不自禁地紧紧拥抱，我的脸贴到他的脸。老人挽着我的胳膊走出饭店，玛格达和艾丽卡跟在我们身后闲谈。在饭店门外，我和凯尔泰斯夫妇合了个影。老人认真两次问艾丽卡："你看一下，照得好吗？不好的话，再拍一张。"

过了马路，我们再一次吻别，老人第三次将我搂在怀里，拍着我的背用父亲般慈爱的语调告诉我："知道吗，翻译我作品的人，就是我的亲人。"

亲人，文字使我与凯尔泰斯成了亲人！望着相互搀扶、卷入人流的那双背影，我在心里幸福地尖叫。

2015年2月26日，巴拉顿弗莱德。

图书在版编目(CIP)数据

另一个人：变形者札记 / (匈) 伊姆莱著；余泽民译.
—桂林：广西师范大学出版社, 2015.8

ISBN 978-7-5495-6562-7

Ⅰ. ①另… Ⅱ. ①伊… ②余… Ⅲ. ①随笔－作品集
－匈牙利－现代 Ⅳ. ①I515.65

中国版本图书馆CIP数据核字(2015)第082092号

广西师范大学出版社出版发行

桂林市中华路 22 号 邮政编码：541001
网址：www.bbtpress.com

出 版 人：何林夏
出 品 人：刘瑞琳
责任编辑：李恒嘉
装帧设计：陆智昌
内文制作：杨 雷
全国新华书店经销
发行热线：010-64284815
山东鸿君杰文化发展有限公司

开本：787mm × 1092mm 1/32
印张：6.375 字数：94千字
2015年8月第1版 2015年8月第1次印刷
定价：42.00元